L'ENFANT QUI SE LAISSAIT MOURIR

Saint-Germain-des-Prés, en collaboration avec Marcelle Routier (éditions Guy Leprat).

Entre bêtes et hommes, en collaboration avec Jean Pommery (éditions Calmann-Lévy).

Le Jardinier du dimanche (éditions Stock et éditions Marabout pour la Belgique).

Maître-Chien, en collaboration avec Michel Girouille (éditions Robert Laffont).

Dictionnaire des fantasmes et des rêves secrets (éditions Garancière).

La Beauté par la santé, en collaboration avec le Dr Pierre Fournier (éditions Robert Laffont).

Youka (éditions Séguier).

L'Enfant dans le placard (éditions du Rocher).

La Reine de Jérusalem (éditions du Rocher).

Othilie Bailly

L'ENFANT
QUI SE LAISSAIT
MOURIR

Littérature

ÉDITIONS DU ROCHER

Jean-Paul Bertrand
Éditeur

Je dédie ce livre à Jean-Paul Bertrand, non pas parce qu'il en est l'éditeur mais parce que sans lui il n'aurait jamais été écrit.

I

— La maison est dans l'eau. L'eau est dans la maison.

Il sourit.

Elle hausse les épaules.

— La mer est toute grise maintenant. Tout à l'heure elle était bleue...

Il passe la main dans leurs cheveux que le soleil d'été a pareillement platinés.

Demande-hésitation ;

— Tu te plais ici... ?

— Pourquoi le demander alors que tu connais la réponse ?

— Oh oui ! c'est comme si on était en bateau.

Elle bat des mains :

— Regarde, Pa, il y a du soleil et la mer est redevenue toute claire.

— Tu aimais, cet été...

— Je me baignais, je bronzais. On avait des amis, on sortait. Maintenant tout est fermé. Il faut faire dix kilomètres avant de trouver un restaurant et aller à Palma pour les courses. Heureusement encore qu'il y a Palma !

Il la contemple :

— Tes yeux ont la couleur des huîtres sauvages.

— Les miens aussi ? Et on mangera des huîtres pour mon anniversaire ?

— Maman et toi vous avez les mêmes yeux. Et on mangera des huîtres si ça te fait plaisir.

— Oh oui ! Moi, j'aime ici. On va y rester, dit, Pa ?

— Oui, Chérie-Alice.

— Oui, Pa... non, Ma. Elle ne pourrait pas dire papa et maman comme tous les enfants !

La porte qui claque.

— Ma est fâchée ? J'ai dit quelque chose de mal ?

— Mais non, Chérie-Alice.

— Si, elle est fâchée. Pourquoi elle se fâche tout le temps. Je suis sage ?

— Très sage. Maman n'est pas fâchée. Elle...

Une excuse simple pour une question simple.

— Tu sais grand-mère est à Paris, maman s'ennuie d'elle.

— Mais Mamie a dit qu'elle viendrait au printemps. Ce n'est plus loin le printemps ?

La mer ourle de blanc les rochers. Trois pas suffisent à y mener, mais l'hiver a fermé les vitres de la maison contre lesquelles, les jours de tempête, les vagues se jettent en hurlant. Elles hurlent les bois brisés des bateaux qu'elles ont coulés, les marins, qu'au très long des siècles, elles ont tués. La mer douce. La mer mauvaise.

— Excuse-moi, Alain. Une telle solitude m'exaspère. Six mois c'est long ! Alors, plus... de toute manière combien de temps, si... resterais-tu ici ?

— Je suis promoteur, Sylvie. Que j'aie obtenu ce marché est d'une importance primordiale. On n'urbanise pas un lotissement aussi important en un an, ni même en deux. Surtout lorsqu'il s'agit de faire construire des demeures de luxe et que le mot clef de l'île est *mañana* » *. Tout cela tu le sais. Tu le savais quand...

* Mañana = demain.

— Dis, Ma, si je mets mon gros chandail je pourrai aller jouer sur les rochers ?

La gifle a volé pour se poser sur la joue fraîche de l'enfant.

La main d'Alain s'est abattue sur le poignet de sa femme :

— Tu es folle !

— Parce que tu trouves qu'il n'y a pas de quoi devenir folle ici ?

— C'est toi qui as proposé une... retraite. Le mot te semble-t-il exact ? ou préfères-tu « expérience » ?

Exaspération. Ironie. Les mots-masques.

— Tu étais libre de partir avant...

— Merci. J'ai tenu ma promesse ! Elle aurait quand même été plus facile si...

Un coup de sonnette. Dans le lointain une voix chantante.

— *Buenas tardes, señor Jack.*

— *Hola, Carmencita !*

La voix masculine se rapproche, sympathique. Magique : elle change en sourires la crispation des visages de colère.

— *Hello !*

La mer s'adoucit sur les rochers. Alice écrase son nez sur la vitre pour qu'on ne voie pas ses pleurs. Gouttes d'eau salée sur la verrière ; on pourrait les prendre pour des larmes de mer.

— *Everything O.K. ?*

— O.K. Jack.

L'Anglais regarde Alain. Pourquoi une phrase normale — de politesse — fait-elle rire celui-ci ? Il se retourne vers Sylvie, si blonde, si fragile, si parisienne.

— Sylvie, bonjour.

Elle, non plus, n'est pas facile à comprendre.

11

Mais c'est une femme. Incompréhensibles les femmes. Normal.

— *How are you ?*

À défaut de paroles, elle lui offre son sourire. Il envoie une grande tape dans le dos d'Alain.

— *The business ?*

— *Well...*

— *Hello Alice !*

Il soulève l'enfant à bout de bras. Elle rit dans ses pleurs. Elle aime bien Jack. Ma ne l'aime pas. Quand il vient elle dit : « Il pourrait téléphoner auparavant. Ces Anglais, ils se croient partout chez eux. »

— *Poor baby, what's the matter ?*

Il s'est tourné vers Sylvie tout en essuyant du doigt une larme restée sur la joue d'Alice.

— *Been crying ?*

— Rien ; elle s'est cognée. Et puis...

Elle s'est tournée vers son mari...

— Cette enfant s'ennuie ici sans petites amies avec qui jouer.

Déposée par terre, Alice y frappe du pied :

— Je ne m'ennuie pas, j'ai Pa et j'aime la mer.

Elle regarde, sournoise, Sylvie :

— J'aime Ma aussi.

— Maman...

Elles s'affrontent : deux femmes : « Maman »... « Ma ».

— *How is the work going ? All right.*

— Veux-tu traduire, Alain ! Jack, vous savez bien que je ne comprends pas l'anglais. Faites un effort pour parler français... ou espagnol, ce qui, ici, serait normal !

— Tu ne le sais pas beaucoup mieux que lui, chérie !

— *Carmencita, whisky y vino tinto para el señor Jack.*

12

— *Si, señora.*

— Elle me comprend, elle ; et je ne comprends pas Jack.

Celui-ci est comme un grand singe, bras ballants, gros visage, pataud. Debout, il tire une chaise vers lui.

— *I am sorry, Sylvie.*

(Ma est encore en colère. Jack l'a vu. Ce soir, elle va se disputer avec Pa ? J'ai peur.)

Il boit, sans s'occuper de Sylvie qui se sert un whisky et passe la bouteille à Alain.

— Tu veux du Perrier ? Ah ! c'est vrai qu'on n'en trouve pas ici.

La mer se hérisse d'un rocher sur lequel se pose un goéland. Sylvie tend à l'enfant un verre de jus d'orange. Sa voix est redevenue douce :

— Qu'est-ce que tu regardes ?

Derrière elles deux, les hommes parlent. En anglais. À qui Sylvie pourrait-elle s'adresser si ce n'est à la petite fille qui tend le doigt vers

— L'oiseau ! il est toujours là. Tu crois qu'il nous connaît ? Peut-être il vient nous voir... comme Jack ?

— Sylvie, on va manger un curry chez William ?

Les ruelles désertes, vides de bruits et de gens ; les cafés — si bruyants l'été — fermés ; les magasins aux rideaux baissés... mais la mer partout. Toujours.

William reste ouvert pour la vingtaine d'Anglais qui passent toute l'année ici... Pourquoi ? Ils ont des voiliers au radoub, bons marins d'été... des femmes qu'ils s'échangent, des humeurs variées mais courtoises, des revenus semi-confortables, et avec le change... Parfois survient un événement : un autre Anglais arrive, pour quelques jours, de Londres. Tous le savent ; ils échangent, frétillants et ravis, la nouvelle chez William : un étrange peuple de fantoches.

— William ! le pub... L'endroit le plus sinistre que je connaisse, le plus mauvais curry... Enfin, là ou la maison... Allons chez William !

« Ma est à nouveau fâchée ? Elle est si jolie Ma. Elle a des cheveux comme de la soie. Parfois elle m'embrasse. »

Le grand oiseau s'est envolé emportant avec lui ce qui restait de jour.

— Qu'est-ce que tu fais, le nez collé à la vitre ? Il fait presque nuit.

— Je vois, écoute la mer.

Pa et Jack continuent à parler ; je comprends un peu. Ma a une jolie robe. Elle est verte comme les vagues quand elles sont de bonne humeur. Ma est redevenue de bonne humeur ?

Si coquette, si bruyante, parlant toutes les langues, Babelle aux rires multiples et aux voiles battant tous pavillons. Femmes aux seins hardis, aux jambes fuselées, bronzage parfait ; tous les poncifs de l'été : villas de luxe, hôtels quatre étoiles, si ce n'est cinq, terrains de golf, tennis, et plaisance en surplus. Hommes rudes pour un mois : shorts, pantalons « moulent couilles » ; torses velus — la masculinité se porte dans les poils. Jambes écartées de marins habitués au grand large. Chaussettes courtes et sandales. Ah ! passer l'été dans l'île où sont amarrés les voiliers dont le nombre de mâts est l'indice signalé de la fortune.

Bars, clubs, restaurants, et déjeuners pas avant trois heures, à l'espagnole...

Sinon... pizzas, hot-dogs, hamburgers, touristes rôtissant sur « leur plage » ; celle où ne vont pas les « Autres ». Ils diront, heureux, cet hiver : « Nous avons passé l'été à el Arénal, c'était noir de monde. »

Mais à Andraitx, La Rapita, Puerto Colon, Formentor, et autres, il faut montrer carte de club pour que s'ouvrent, grandes, les portes des ports. Les vulgaires vacanciers se contentent d'admirer les yachts à travers le grillage qui les enferme.

Et, passé septembre, s'endorment les bateaux attendant l'été qui les éveille.

Autour de « la casa d'Alice » c'est le vide :

les rues sont vides,

les maisons sont vides,

les *plazas* sont vides.

Et les hôtels, grands ou petits, fermés.

Seul William's...

À la maison il y a Pa qui m'embrasse et me prend dans ses bras, et Ma, quand elle est de bonne humeur, et Carmencita qui chante dans la cuisine.

Et la mer grise, bleue, blanche où les oiseaux se posent.

William's

— Pa, je vais avec vous chez William ?

— Nous allons rentrer tard, chérie...

Pa hésite, il va dire oui. Pa, dis oui s'il te plaît !

— Il n'en est pas question, Alice, nous ne rentrerons pas avant minuit.

— Demain, c'est mon anniversaire !

Ma détourne la tête, peut-être elle va...

Cette bataille qui dure depuis six mois. Pour cette fois faire plaisir à Alain : dire « oui ». Seulement cette fois ! Non, Alain, non. Pas d'espoir. Surtout pas d'espoir.

— Non, Alice. Quand nous serons partis Carmencita te donnera ton dîner. Tu sais comment tu dois le lui demander ?

Demain, mon anniversaire ! Mais elle ne suppliera pas Ma. Ma qui ne l'aime pas. Elle dit toujours « non » quand Pa dit « oui ».

— *Por favor, Carmencita...*

— Et tu lui diras bonsoir...

— *Buenas noches...*

Pa m'aurait emmenée. Je la déteste, mais je ne pleurerai pas.

Pa a pris Alice dans ses bras. Il l'embrasse. Très fort. A l'oreille il lui murmure :

— Tu auras une belle surprise demain.

Les « *hello* » fusent vers James, l'aventurier qui vient, porteur de mille nouvelles, du bout du monde : il arrive de Londres. Juste pour huit jours ; des travaux à faire à la propriété... et s'il n'était pas venu...

Ces Majorquins sont tous les mêmes : « *mañana* ». Le seul mot espagnol qu'en dix ans... quinze, plus, ces curieux hybrides d'ANGLAIS-Majorquins aient appris.

— *Hello !*

Précautionneusement les joues de James effleurent celles de Sylvie (« curieux cette manie française... » « Mais pourquoi, diable, ces Anglais vous embrassent-ils toujours ? »).

Seul Londonien pur parmi les hybrides. Eux végètent toute l'année ici. Moins deux mois de « vacances » en Floride, ou à London, Manchester, chez les enfants, dans la maison familiale... en voyage surtout, de préférence dans une ancienne colonie de l'Empire britannique. Le reste du temps, entre eux : cercle fermé comme cette terre entourée par la mer. Peut-être vivent-ils à Majorque parce que, pour ces insulaires, c'est une île : l'Angleterre miniaturisée. Chez William, Alain se mêle sans gêne à eux, et sans les gêner... presque adopté : sa mère était anglaise !

S'il sait le majorquin, indispensable pour communiquer avec les ouvriers qu'il emploie, il parle anglais avec les architectes, entrepreneurs, maîtres d'œuvre. Quelle que soit leur nationalité, ils ont une même langue : l'anglais.

Darling, disent les femmes à Sylvie qui leur répond *Hello !... Yes... Darling... I am sorry... Thank you very much.* Neuf mots de politesse pour une conversation !

Hello ! Hello !... peut-être l'anglais se réduit-il à ce mot, l'accent, seul, changeant.

— *Hello, William.*

Il surgit, à chaque nouvel arrivant. Miracle renouvelé : le verre de bière mousseuse devant Harry. Nulle erreur : le ballon de cognac — français — arrive en même temps que Jack.

William connaît, dans le creux de la main, la consommation et son consommateur.

Le costume noir, happé par la nuit, il ne semble qu'une fantomatique chevelure blanche dont l'aristocratie s'affirme par la perfection du « *Hello !* » Il va s'asseoir devant « sa » table. Seul. Sa femme reste close chez lui : Menga. En a-t-il honte ? Elle est suisse. Visage bouffi et yeux rouges, elle vient aider Carmencita à faire le ménage et sort avec Sylvie dont elle paie en cancans et en français la consommation offerte : « Je suis obligée de te laisser... tu sais, mon mari ne me donne jamais d'argent afin que je ne puisse pas sortir. »

Elle s'enorgueillit qu'il ait le plus grand bateau du port de La Rapita — vingt-cinq mètres ! — A l'instar de Menga, le voilier, lui non plus, ne sort jamais.

17

Incongrue et s'ennuyant avec le sourire, Sylvie marmonne son rosaire : « Radins... radoteurs... riches... rats de nuit... ripoux... RIDEAU ! »

En souvenir d'une complicité amusée, elle s'est penchée vers son mari : « Que font-ils ici ? Je t'assure que ce sont des espions dormants. » Mais elle se tait en réponse au regard interrogateur d'Alain. Alain évoque en lui-même un passé usé et reprend sa conversation avec Jack. Une scène que lui et elle, sans bruit ni fureur, jouent.

Susan, la femme de William, qui fait le curry — poulet, bœuf ou mouton — et la tarte — seulement au citron — passe un demi-visage par la porte entre-bâillée de son laboratoire : Mardi c'est l'anniversaire de leur mariage. Ils sont tous invités à venir prendre un verre. Et qu'ils ne dînent pas avant ; il y aura toutes sortes de petites choses qui accompagneront le — les — verre.

Demain ? Pourquoi pas ?

Sylvie fait signe à son mari « *bye, bye* ».

Les rues sont vides. Son pas y résonne.

Alice

L'oiseau au rocher n'est pas revenu. Il s'est dilué dans la nuit.

Auparavant le soleil était devenu un énorme ballon rouge que le Bon Dieu avait laissé s'envoler dans le ciel.

Alice sourit à ce Bon Dieu qui tenait ce ballon. Est-il triste de n'avoir plus le ballon ? Celui-ci est tombé dans la mer devenue toute rouge, puis toute noire. De la cuisine Carmencita crie :

— Alice, ta maman serait fâchée si elle te voyait sur la terrasse. Il fait froid. Rentre.

Elle parle français, née à Paris, fille de concierges espagnols qui, sou par pierre, ont construit une belle maison à Algaïda. Tous les ans Magdalena et Felipe invitent Alain et Sylvie à venir manger avec eux les *caracoles* : les escargots « caracolent » en Espagne.

Leur fille a une bonne place et de bons patrons, et leur fils André est instituteur. Comme sa sœur, il parle le français ; mieux encore, il l'enseigne. Sa femme aussi est institutrice. Ils ont un petit garçon, Fernando, qui a l'âge d'Alice. Souvent, le dimanche, Alain conduit sa fille avec Carmencita chez Magdalena et Felipe : jour de fête et de rires. Alice joue avec Fernando ; il l'épousera quand elle sera grande et bien qu'elle dise « non ».

Elle préfère, à ces fiançailles, accompagner Magdalena au moment de la traite des deux vaches, s'amuser avec le grand chien noir chargé de les garder, et le petit chien majorquin, queue en trompette, qui va chasser le lapin avec Felipe.

Le plus souvent c'est Ma qui revient, au soir, la chercher. Magdalena lui dit : « *Buenas tardes, doña Sylvie.* » Mais elle continue en français : « Vous voyez que je ne l'ai pas oublié ! » et tant qu'elle voit la voiture, elle crie « au revoir ».

Et parfois c'est Pa qui vient. Alice embrasse vite Magdalena et monte dans l'auto. Elle va être seule pendant une demi-heure avec Pa. Il faut qu'elle se dépêche de lui raconter toute sa journée : Magdalena lui a montré les petits poussins qui viennent de sortir de l'œuf et elle n'épousera pas Fernando bien qu'elle l'aime...

— Mais moins que toi, Pa.

Pa rit et dit :

— Quand tu te marieras tu verras...

Elle devient toute rouge de colère pour jurer « jamais je ne me marierai. Je veux toujours vivre avec toi ».

Et Pa dit doucement : « Avec moi et maman. »

Alors Alice se tait, puis dit :

— Je n'aime pas Ma comme toi !

— Tu dois aimer ta maman autant que moi.

Carmencita

— Alice, viens dîner.

— Dimanche nous irons chez ta maman. Pa l'a promis. Tu aimes ta maman, Carmencita ?

Carmencita rit bien fort de toute la certitude de ses dix-huit ans.

— Comment je pourrais ne pas l'aimer ! C'est ma maman...

— Et Felipe ?

— Je l'aime autant puisque c'est mon papa.

Alice réfléchit longtemps, au moins une minute, et prend sa décision.

— Avant, je crois, j'aimais autant Ma...

Carmencita ouvre grands ses yeux de curieuse :

— Avant quoi ?

Alice regarde le poisson qui dore sur la *plancha* où Carmencita, d'un geste machinal, preste, le retourne.

— Avant de... je ne sais pas !

« Demain... »

Ses talons claquent, insolites, dans les rues de la nuit.

« Demain, oui, c'est parfait... L'anniversaire d'Alice. L'anniversaire du mariage de William. C'est drôle ! »

Elle ne s'aperçoit pas qu'elle pleure.

« Je suis une attardée : je ne sais pas l'anglais. Je ne m'en suis aperçue qu'en venant ici ? Tant que c'est l'été, les restaurants se débrouillent en français, en anglais, en allemand...

« Oh ! cette *plaza* dans la nuit, je ne sais plus qu'elle est la bonne rue ! C'est vrai : Alain a raison : je suis impossible !

« Je me moque des Anglais parce qu'ils ne veulent connaître que leur langue et moi, je sais à peine dix mots d'espagnol ! Plus qu'eux quand même...

« Alain, je t'ai tellement aimé : "Remporter un marché aussi important, cela vaut de rester quatre ans ici !..." De gâcher quatre ans de sa vie, oui !

« Je ne voulais pas avoir d'enfant. Je l'ai eu pour lui.

« Quand je me réveille, il est déjà parti. Je conduis Alice à l'école. Pour ne pas rester enclose ici, je vais à Palma avec Menga. Son "mari", elle croit qu'on y croit... pas même d'amitié pour elle : veule ! Tous, ils sont veules. Que font-ils ici ? Distraire Alain après sa journée de travail !

« C'est de ma faute ! Nous pourrions être chez nous : on recevrait Maître Pinasse, et les Sanchez qui, eux, ces Majorquins — Dieu soit loué ! — parlent français. Jean d'Estrés qui a une maison de vacances ici, Cesar péruvien-parisien... je l'avais fait au début, mais qui d'autre ?

« "Tu pourrais faire un effort... essayer d'apprendre l'anglais, c'est devenu la langue universelle." Alors... l'aurais-je fait ? Peut-être...

« Tout s'en est mêlé... tout s'est emmêlé cet été. Il aurait fallu partir, partir tout de suite... Alain a préféré son travail ; et il adore cette maison, « sa maison ». Moi aussi, je l'ai aimée au début. Avant.

« Revenir en arrière...

« Ça y est, je me suis trompée de rue.

« Oui, il faut que je revienne en arrière, jusqu'à la *plaza*. C'est là que... j'ai pris la mauvaise rue. Dans cette nuit... Comment s'y reconnaître ?

« Il y a de la lumière dans la maison. J'avais pourtant dit à Carmencita de coucher Alice.

« Je voulais tellement être seule ! »

— Ma... Pa n'est pas avec toi ? Vous vous êtes disputés ?

— Mais non, Alice. Il est resté avec des amis. Tu devrais être couchée !

— Oui, mais j'ai fait un dessin, regarde !

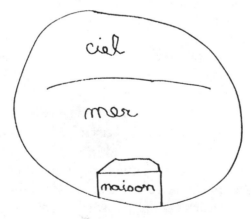

— Tu vois, ça c'est le ciel, dedans la mer, et, dans la mer, la maison. C'est tout rond, comme un cercle dans lequel on est enfermé !

II

Alice entrouvre les yeux et, comme tous les matins, la mer est sa première image : les hublots de sa chambre projettent directement sur son lit le ciel et l'eau. Ce sont eux qui l'éveillent.

Pa a conçu sa chambre comme une cabine de bateau. Quand Alice sort des songes, sa première pensée est pour le pays où son bateau vient d'amarrer : un pays très loin : Tahiti... Les Antilles ou le Kiwiki — qu'elle est seule à connaître.

Mais, ce matin, c'est celui où elle ne va qu'une fois l'an : l'île de l'ANNIVERSAIRE : la plus belle de toutes : là où poussent les cadeaux.

— Pa...

Il est toujours là, pour l'accueillir, au port de l'ANNIVERSAIRE :

De nouveau, elle appelle « Pa ».

Pourquoi n'est-il pas près d'elle pour l'embrasser et lui dire « bon anniversaire » ?... Ma non plus n'est pas là.

C'est très beau. Des pins, encore des pins, montant, redescendant, avec un mouvement de vagues et, partout, à travers eux, on aperçoit la mer. L'épaisseur d'un cheveu entre la carte postale touristique et la sublimité. Étonnamment, c'est la beauté qui l'emporte.

— Et tu n'as rien vu... c'est encore plus beau là-haut.

Alain a pris Sylvie par la main et il l'entraîne ; courant comme deux enfants.

— Monte dans la voiture. Quoi que tu décides, je veux que tu aies vu cela.

Succédant aux pins, ce sont les oliviers. Les plus jeunes sont centenaires. Sur le mont des Oliviers, ne dit-on pas que ceux qui y vivent encore ont vu Jésus ?

Ils ont des troncs trapus, énormes, noueux, tors, cagneux, tortus, en forme de monstres, de gnomes, de bêtes ou d'anges.

On pourrait y tailler des tables d'une seule pièce. Mais personne, jamais, n'oserait les abattre.

— Tu vas faire urbaniser, là aussi ?

— Non, c'est un terrain privilégié. Porter la hache sur eux serait un assassinat. Regarde tout en bas... Il y en a même sur la plage. Le dernier, gigantesque, un ogre, il pousse à moitié dans la mer. J'ai découvert ce domaine d'arbres, par hasard, en faisant le tour de la pinède. Je suis sûr qu'il n'y a pas dix personnes dans l'île qui le connaissent.

Un moment, ils restent dans la contemplation de cette solitude hantée seulement par des arbres, puis remontent dans la voiture pour revenir à la pinède.

— L'architecte doit m'apporter les plans. J'aimerais que tu les voies.

Sylvie secoue la tête :

— Abîmer tout cela avec des maisons...

— Mais je n'abîmerai rien. Chaque maison sera isolée dans deux mille ou trois mille mètres de terrain. De loin on ne les verra même pas... une tache blanche. Et elles seront conçues en fonction du paysage. Tu sais, c'est de La Fuente que j'ai pris comme architecte : celui qui a fait la maison de Michelle, que tu aimes tant !

— J'aime tout autant la Casa d'Alice.

— C'est une maison d'amateur. Je voulais qu'elle ne fasse qu'un avec la mer. C'est moi qui en ai conçu les plans... nous n'avions pas tellement d'argent à l'époque.

Il ébauche un sourire :

— Tu te rappelles mes courses après les entrepreneurs et les « *mañana* » ?

— Ta maison est très belle...

— Notre maison...

— Ta.

Ils sont descendus de voiture, se promènent entre les pins. Alain s'arrête brusquement.

— Alors, tu as pris ta décision.

— Oui. N'était-ce pas aujourd'hui que je devais te donner ma réponse ?

— Le jour de l'anniversaire d'Alice.

— C'est bien ce qu'on avait dit.

Il regarde la mer au travers des arbres, mais ce ne sont ni les pins ni la mer qu'il voit :

Une plage blonde, une femme blonde, un homme blond, le corps doré n'a pas encore bruni. Une plage peu connue où on ne peut aborder qu'en bateau. Un homme, chaud de soleil et de présence, en vacances, qui a tout son temps pour s'occuper de la jeune femme dont le mari n'est jamais là. Il travaille.

Et Sylvie lui a dit la vérité. Elle lui a dit que le bel homme blond était son amant ; mais aussi qu'elle n'était pas sûre de l'aimer assez — ce pouvait n'être qu'une foucade — pour l'abandonner, lui, Alain. Et elle a demandé qu'il lui donne six mois pour réfléchir.

Pourquoi a-t-il proposé l'anniversaire d'Alice comme date limite ? Par superstition, pour que cela lui porte bonheur... il ne saurait l'expliquer.

— Tu l'aimes tant que cela ?

Comment peut-elle expliquer : elle va vers lui comme on va vers la liberté, vers une fenêtre ouverte. Il y a lui, bien sûr, mais il y a tout ce cercle — le dessin d'Alice, hier — elle veut en sortir.

— Tu ne resterais pas jusqu'à l'été ?

— Il reviendra me chercher... ou un autre, et cette fois je partirai. Rester ne serait qu'une prolongation qui nous déchirerait chaque jour un peu plus.

Alain n'a rien dit.

Ne pas discuter.

Cela faisait partie de leur convention. Comme l'était le fait qu'Alice resterait avec lui. « Elle t'aime plus que tout ! »

Oui, ils avaient pensé à l'enfant, en premier. Chacun d'une manière différente...

— Pa...

La porte de sa chambre s'ouvrit sur sa joie, mais c'était Carmencita-désillusion !

Pourtant elle portait un plateau avec du chocolat et une *enselmada* toute poudrée de sucre neigeux.

L'*enselmada*, la pâtisserie tellement typique de l'île qu'aucun touriste ne s'en irait sans emporter avec lui trois, quatre cartons de pâtissier « souvenir de Majorque ».

Mais Alice ne regarde pas le plateau. Elle lève vers Carmencita qui lui dit joyeusement « bon anniversaire » un regard désolé.

— Pa... Il a oublié que c'était mon anniversaire !

— Bien sûr que non, dit Carmencita. Mais il a été obligé d'aller de très bonne heure sur le chantier et ta maman l'a accompagné. Ils vont bientôt être là !

Elle se penche vers Alice et lui chuchote, complice :

— Ne le dis pas, tu promets... Mais il y a plein de cadeaux surprises pour toi.

Consolée, Alice bat des mains.

— Oh ! Pourvu qu'ils arrivent vite !

(Pour mon anniversaire, ils ne se disputeront pas...) C'était comme une prière.

Le restaurant, le seul ouvert, donnait sur la mer.

Les bateaux étaient par-devant, en radoub, ou, pour les plus petits, recouverts d'une bâche. Le port hibernait.

Image de la famille heureuse : Alice marchant entre ses parents, tenant chacun d'eux par la main.

— J'ai le droit de manger ce que je veux ? Alors je veux des huîtres et de la mousse au chocolat, et je boirai une gorgée de vin dans le verre de Pa. Et dans le tien aussi, Ma ?

Elle ferma les yeux, une seconde, pour revoir tous ses cadeaux : un bateau dans une bouteille — dont elle avait une telle envie et Pa en avait fait faire un pour elle — et puis un petit singe en peluche « il pourra dormir avec moi ? » Et puis... Et puis... même Carmencita lui avait apporté de la part de Magdalena une palme tressée si belle qu'on aurait cru une sculpture et, comme l'avant-veille c'était le dimanche des Rameaux, elle l'avait fait bénir en allant à la messe. Et Carmencita, elle, lui avait offert un *siruel*, un de ces sifflets en forme de personnage. La coutume majorquine voulait que les enfants, le jour des Rois Mages, en aient chacun un et y soufflent de toutes leurs forces pour accueillir Balthazar, Melchior et Gaspar, lorsqu'ils arrivent en barque à Palma. C'était, maintenant, tombé un peu en désuétude, mais les potiers continuaient à en faire et à les peindre en blanc, bleu et

27

rouge. Celui que Carmencita avait donné à Alice était un homme avec un grand chapeau monté sur un cheval plus petit que lui et, à ses pieds il y avait un chien.

Ma, elle, lui avait donné un livre qui portait son nom, *Alice au pays des Merveilles*, et elle avait mis une dédicace : « En souvenir de ta maman. »

Vraiment un merveilleux anniversaire que celui de ses huit ans !

Mais, le soir, et ç'avait été le plus extraordinaire, on était allé chez William et Susan pour l'anniversaire de leur mariage. L'Anniversaire d'Alice aussi... Elle avait eu le droit de boire un petit verre de Tio Pépé et elle avait ri, ri, parce que la tête lui tournait, et tout le monde l'avait embrassée en lui disant *Happy birthday*. Un anniversaire comme elle n'en avait jamais eu, et elle était rentrée à trois heures du matin. C'était la première fois que cela lui arrivait.

Et Pa et Ma ne s'étaient pas disputés. Ils étaient même revenus en riant et Ma chantait une petite chanson dont Pa reprenait le refrain avec elle.

Sur la place toute ronde, aux volets toujours fermés, Alice s'arrêta et se jeta dans les bras de Pa. Et puis dans ceux de Ma.

— Je me suis amusée... mais je me suis amusée... C'était comme à Guignol !

— Guignol ! Et quand es-tu allée à Guignol ?

— A Paris, l'année dernière.

Ma est fâchée. Pourquoi ?

— Ce truc démodé ! Je ne savais même pas que cela existait encore ! Et qui t'y a menée ? Maman, je parie. Il n'y a qu'elle pour avoir de ces idées.

Oh ! que, du moins, cette nuit ne se termine pas en gâchis !

— Et pourquoi William's c'est comme Guignol ? a demandé doucement Pa.

28

— Parce qu'il y a un tas de personnages qui ne servent à rien qu'à y faire rire ou peur mais on n'y croit pas vraiment. Tiens, le méchant, par exemple, c'est Alexander, le mari de Menga... les vraies vedettes c'est Arlequin, Colombine, le gendarme...

Il n'y a que les enfants pour discerner ce qu'adultes ils ne voient plus. Cette place obscure était un décor. Derrière les volets clos, il y avait les spectateurs, fantômes qui riaient et applaudissaient et qu'on ne voyait pas plus que les marionnettes ne voient les enfants.

Alice tend le doigt vers son père :

— Toi, tu es Arlequin, c'est le plus beau et le plus malin. Moi, je suis Polichinelle, et Ma, le gendar...

Elle s'arrête net. Ma s'est retournée et la regarde. Dans ses yeux on ne sait pas si ce sont des larmes ou de la colère. Avec l'astuce, déjà, de la femme, Alice se reprend :

— Je voulais dire Colombine. Ma est une femme, pas un homme. Je suis bête ! Et puis elle est aussi jolie que Colombine.

Vraiment, un merveilleux anniversaire que celui de ses huit ans !

Oui, c'est resté ce qu'ils avaient décidé : le plus inoubliable de mes anniversaires avec Pa et mère.

Plus tard j'ai compris pourquoi tous deux l'avaient voulu.

Plus tard... quand ?

Pa est entré dans ma chambre le lendemain... mais il y venait toujours avant de partir travailler et je sentais, dans mon sommeil, qu'il m'embrassait.

Là, il s'est assis sur le bord de mon lit :

— Tu sais qu'il est très tard... onze heures du matin.

J'ai dit :

29

— Oh ! il faut que je me réveille, pourquoi tu es encore là ?

— J'avais envie de rester avec ma grande fille. Puisque de toute manière tu as manqué l'école, veux-tu venir avec moi cet après-midi ? Tu n'es jamais allée voir l'endroit qu'on urbanise ; tu verras, c'est très beau.

C'était la fête qui continuait.

— Ma viendra aussi ?

Au fond, je n'avais pas tellement envie qu'elle vienne. Être seule avec Pa... qu'il me montre ce qu'il allait constuire... de grandes maisons blanches. Un peu comme s'il était Dieu créant le monde... Je savais — ils s'étaient souvent disputés pour ça — que mère était contre l'urbanisation.

C'est étrange : je revois le mouvement de Pa tournant la tête comme s'il regardait le siruel que m'avait donné Carmencita... Pourquoi son geste m'a-t-il impressionnée ? A cause de ce qu'il a dit après ?...

— Non, chérie... je voulais te dire aussi... Maman a eu un appel téléphonique, ce matin, très tôt. Mamie est malade. Heureusement il y avait un avion à dix heures. Maman a pu le prendre.

« Oh ! » C'était à Mamie que je pensais. Je l'aime beaucoup.

— Elle est très malade ?

Pa... Comme je me souviens de tous ses gestes ; son visage était bizarre ; il tapotait sur le drap.

— Non, je ne pense pas... mais ce sera peut-être long. Ta maman sera sans doute obligée de rester plusieurs mois partie.

C'était moitié ennuyeux, moitié amusant. Être seule avec Pa !

— Eh bien, pendant qu'elle ne sera pas là, tu la remplaceras : tu seras Pama.

Oui, j'ai dit cela... Pourquoi ?

III

— Dépêche-toi, Chérie-Alice ; je te déposerai à l'école en allant au chantier.

— Oh chic, alors...

Et puis Alice a cessé de danser de joie parce qu'elle a vu que le sourire de Pa n'était pas un vrai sourire. C'est celui qu'il avait quand il venait de se disputer avec Ma, pour me rassurer. Pourtant Ma est à Paris ! Mais il doit être triste parce que Mamie est malade, et puis aussi parce que Ma n'est pas là... mais comme cela ils ne pourront pas...

Alice a soupiré, soulagée : quand elle sortira de l'école elle n'aura pas à chuchoter, si bas que quelquefois Sylvie ne l'entendait pas : « Vous ne vous êtes pas disputés ? »

Et Ma n'aura pas son soupir exaspéré pour dire : « Mais pourquoi veux-tu que nous nous disputions ? »

Ce soir c'est Carmencita qui viendra la chercher. L'école n'est pas à Xeloc où se trouve la Casa d'Alice, mais à Félinix et il faut prendre le car. Ma venait avec sa voiture. Le car c'est bien plus amusant. Il y a un tas d'enfants qui descendent aux arrêts en criant « *buenas tardes, asta mañana...* »

Alice répond « *buenas tardes* » tout en bavardant, tantôt en espagnol, tantôt en français avec Carmencita.

Sylvie ne voulait pas qu'elle aille dans cette école pour petits Majorquins.

— Bah, avait dit Alain, elle n'y apprendra pas « nos ancêtres les Gaulois... ». Mais crois-tu que cela ait une grande importance ? Deux et deux font quatre dans toutes les langues et elle parlera parfaitement espagnol, ce qui n'a jamais nui !

« Au moment des études sérieuses, nous serons rentrés en France. »

Il avait regardé Sylvie :

— Je n'ai pas du tout envie de l'envoyer dans un pensionnat. A son âge, on a besoin de ses parents...

— Dis plutôt que tu ne peux pas te passer d'elle ; c'est de l'égoïsme !

Ils n'en avaient pas reparlé et Alice était allée à l'école des petits Majorquins ; ils l'appelaient la *senefranses,* mais c'était gentil et, pour eux, elle était une petite fille comme les autres.

— Veux-tu venir avec moi chez William, pendant que Carmencita prépare le repas ?

Ils avaient pris les habitudes espagnoles et dînaient tard le soir.

— Oh oui ! C'est vrai ?

Jamais quand Ma était là...

— Vrai de vrai !

Il fait grand jour encore, mais les ruelles blondes au bout desquelles on trouve William sont toujours silencieuses et les maisons fermées. Même les vieux, le soir, ne s'asseyent pas devant leur porte ; il fait encore trop froid.

Quand Alice et Pa sont arrivés à cette oasis, au milieu du désert, il y avait déjà les habitués — peut-on dire clients ? — autour des tables. Une sorte de club où les Anglais avaient imposé leurs coutumes.

Ils avaient tous dit « hello » et embrassé Alice.

— Sylvie n'est pas là ? avait demandé Peter.

« C'est l'homme à l'œil de verre ? » avait chuchoté Alice.

Cheveux et barbe courte, blancs, le type du marin anglais. Il avait été plongeur sous-marin sur les plates-formes pétrolières et son œil s'était détaché dans une remontée trop rapide.

Alice frissonnait, imaginant l'œil flottant... Regardait-il la mer et les poissons ? Elle avait un peu peur aussi de cet œil de verre. N'allait-il pas tomber comme le vrai... et était fascinée par cette incongruité.

Alain disait pour tous :

— Sylvie a dû partir précipitamment à Paris. Sa mère est malade.

— C'est grave ? avait demandé Dick.

— Assez.

Alain avait fait signe « Alice... » et baissé la voix :

— Je crains que cela ne dure longtemps.

Ils avaient tous compris : ne pas attrister l'enfant. Et ils s'étaient contentés d'envoyer de grandes tapes amicales dans le dos d'Alain.

— Une bière, avait-il demandé, en même temps que William la déposait devant lui.

Et Alice avait ordonné ;

— Moi aussi, je veux une bière.

Elle était rouge d'orgueil et de confusion et ceux qui étaient là avaient ri.

— Après tout, pourquoi pas ? Une grande fille qui va au bar a bien droit à une bière. Tu en as sans alcool, William ?... Ne t'imagine pas que tu en auras chaque fois !

Mais Alice voyait bien que le ton était faussement sévère. Elle trempa ses lèvres dans la mousse et fit une grimace ; c'était amer, elle n'aimait pas.

— C'est très bon, affirma-t-elle.

Ils revinrent quand la nuit commençait à effleurer les rues, suivis par un gros chat noir qui miaulait en se frottant contre Alice.

— Je le connais ; je le rencontre souvent. Lorsque j'étais avec Ma, elle le chassait, mais avec Carmencita il nous suit jusqu'à la maison et elle lui donne du lait. Tu permets qu'il vienne ? Après, il s'en va...

Oh, que la vie près de Pa était merveilleuse ! Comme un conte de fées, avec des surprises à chaque coin des jours.

Le lendemain, Alice demanda, étonnée :

— Ma n'a pas téléphoné ?

— Si, chérie. De très bonne heure, parce qu'il fallait qu'elle parte à l'hôpital. Elle m'a dit de ne pas te réveiller, mais de t'embrasser très fort pour elle.

— Elle revient quand ?

— Je ne sais pas...

Les semaines, les mois sans Ma s'étendirent, se perdant dans un futur lointain.

IV

Pourquoi Ma n'écrit-elle pas si elle ne peut pas téléphoner ? Je voudrais bien savoir... Mamie...

« Si un robinet débite dix litres d'eau en... »

Oh ! un voilier. Pourvu que cet été Pa sorte le bateau... J'aime tellement... on ira à Cabrera...

— Tu n'auras jamais fini tes devoirs si tu regardes la mer au lieu de travailler. Ton papa ne sera pas content quand il rentrera !

— Dis, Carmencita, combien de temps tu mets pour remplir un litre d'eau au robinet ?

— Hé ! est-ce que je sais moi.

Elle rit, elle rit toujours, Carmencita. Sinon elle chante.

— Et puis, ce n'est pas comme ça qu'on fait un problème. Tu sais, j'ai été à l'école, moi aussi. Ta maman n'est pas là et tu en profites pour t'amuser au lieu d'apprendre tes leçons et de faire tes devoirs. Je le dirai à *don* Alain, quand il rentrera.

Le nez sur son cahier, Alice fait semblant de bouder. Carmencita retourne à la cuisine où Menga l'attend pour repasser et cancaner.

Ce serait tellement plus amusant d'aller dans les rochers chercher les petits crabes. Ils sont minuscules, on peut les prendre dans ses doigts sans se faire pincer. Ma l'interdisait. Maintenant elle est à l'hôpital auprès de Mamie.

Alain a expliqué à Alice avant qu'elle ne s'en étonne :

— Maman ne peut pas appeler...

— Vous ne vous êtes pas disputés avant qu'elle parte ?

Cette crainte constante.

— Mais non, chérie. Simplement elle ne quitte pas la clinique. On a même mis un lit dans la chambre de Mamie pour que maman puisse être près d'elle, la nuit.

Alain avait allumé une cigarette, lui qui fume si peu. Ces perpétuels mensonges, combien de temps pourra-t-il les imaginer ?

Et combien de temps y croira Alice ? Déjà il la sent soupçonneuse, inquiète.

La nuit venait à pas de crépuscule, un oiseau passait d'un vol pressé, les feux d'un bateau de pêche qui sortait... interruptions passionnantes qui trouaient la conversation, rendant plus fiables les fables.

— Si maman ne peut pas téléphoner de l'hôpital ? Alors Mamie est très malade ? Oh, je l'aime tellement !

— Mais non (est-ce que Sylvie a dit la vérité à sa mère ? Si jamais celle-ci appelle...). On doit opérer Mamie ; une toute petite opération. (Il faut absolument que je la prévienne, sinon...)

OPÉRATION

Se détournant des jouets du ciel et de la mer. « J'ai peur Pa, Mamie va mourir ? » Alice s'est jetée dans les bras de son père.

— Bien sûr que non ! (Oh merde ! Pourquoi n'a-t-on pas mis cela au point avant le départ de Sylvie. Il va falloir...)

— Ce n'est rien, Alice. Mais si ta grand-mère a un peu mal ou qu'elle ait besoin de quelque chose.

— Faire pipi ?

— Oui, justement !

(Réentendre sa voix, lui parler... Comment n'avons-nous pas pensé qu'Alice poserait ces questions ?)

— Alors, il vaut mieux que ta maman soit auprès d'elle. Si toi tu étais malade, tu voudrais bien aussi...

— Je voudrais que ce soit toi. Dis, Pa, tu ne me quitterais pas ?

— Petite sotte !

— Promets. Dis « je jure » et crache trois fois par terre, c'est comme ça qu'on fait à l'école quand on promet quelque chose de vrai.

Il avait réussi à rire :

— Je jure.

— Crache !

Il l'a bercée doucement contre lui. Cette amertume de la vérité que Sylvie a masquée sous des prétextes. (Il faudra quand même bien qu'un jour... attendre... plus âgée, elle comprendra mieux. De toute manière... qu'elle ne sache jamais la « vraie » vérité !)

Alain a séché d'un sourire les pleurs d'Alice. Dans l'enfantin visage se dessine celui du futur.

— Alors, il faut que je remplace Ma pendant qu'elle n'est pas là. Sinon, comment feras-tu sans femme pour s'occuper de toi ?

(Dans quelques jours on pourra mettre le voilier à la mer. Il faudra que je demande à Jack...)

— Je vais dire à Carmencita que c'est moi qui commande pendant que Ma n'est pas là. Elle doit me demander ce que tu veux pour dîner, sans ça tu auras de la soubressade et de la paella tous les soirs.

(Sylvie était un bon marin... ne plus tout ramener à elle.)

— Ma avait raison quand elle disait que tu n'écoutais pas ce qu'on te disait.

— Mais si, chérie, « sans femme pour s'occuper de toi ». Tu vois que j'écoute. Mais je suis grand, tu sais. Et Carmencita a l'habitude.

Chuchotement des ragots dans la cuisine. A défaut de Sylvie, Menga se contente de Carmencita.

— Je suis suisse par ce que je suis née à Genève, mais ma mère était gitane.

Carmencita en oublie son fer sur le torchon qu'elle repassait.

Gitane !

Elle est partagée entre la curiosité du mystère et la crainte...

Sans en avoir l'air, tournant le dos à Menga, elle se signe.

— Comment se fait-il que Sylvie soit partie si vite ?

— Sa mère est très malade ! Une mère, ça passe avant tout.

La porte s'est ouverte. La voix sévère d'Alice :

— Carmencita, qu'est-ce que tu as fait pour le dîner de Pa ?

— Tu sais, depuis que sa maman est partie, elle la remplace.

Carmencita se baisse pour mettre un gros baiser sur la joue de sa « patronne ».

— Un poisson au four : un sare.

— Pas une paella ?

— Mais non, je sais bien que tu ne l'aimes pas, va ! Tu as fini tes devoirs ?

— Oui, tous, même celui du robinet.

Ses devoirs — ceux de l'écolière et ceux de la maîtresse de maison — terminés, Alice tournicote dans la maison. Que fait Menga ici ?... Elle l'a entendue : une gitane ? Avec ses cheveux bien tirés en arrière et sa peau rose et blanche, elle ne ressemble pas pourtant à ceux, bruns, avec des yeux féroces, que l'on voit arriver par groupes, sur la place du marché, fin mai.

— Les cerises sont mûres, dit Alain. Voilà les gitans qui viennent se louer pour les cueillir.

— C'est vrai qu'ils volent les enfants ?

Alain rit :

— Plus maintenant ! Mais ils sont toujours chapardeurs. Il faut dire à Carmencita qu'elle ne les laisse pas entrer à la maison, sous prétexte de vendre un panier...

Et Menga est là, tout le temps. C'est elle qui m'emmène le plus souvent à l'école. Pa et Ma ne savent sûrement pas que c'est une gitane !

Comment le dire à Pa ? C'est par hasard qu'elle l'a entendu !

Les problèmes de conscience préparent Alice à la philosophie. Sénèque et Socrate ne se gênaient pas pour écouter ce qui se disait sur l'agora... mais Alice ne connaît pas encore les philosophes. Ses problèmes sont ceux des robinets qui coulent trop lentement ou trop vite.

Ou, comme ce soir...

Elle n'écoute pas derrière les portes, cela elle ne le ferait jamais ! Mais, sans s'en rendre compte, elle peut ralentir le pas, de plus en plus, quand elle entend la voix de Carmencita et une autre, étrangère celle-là. Elle joue alors à deviner « qui est là ? » « Une copine »... elle en reconnaîtrait la voix. Ou si c'était celle de Magdalena-jeune, la sœur de Carmencita ? Elle est coiffeuse. Toujours, elle veut couper les cheveux d'Alice qui se sauve en criant tandis que les deux sœurs rient et que Magdalena-jeune agite les grands ciseaux de cuisine.

Tout cela fait partie des jeux de la maison, comme le « *hello* » de Jack, les cadeaux mystères que rapporte

Pa : « Devine ce que c'est ? » Des bonbons ou une *enselmada*... mais quelquefois aussi un *siruel* ou... Autrefois — il y a très longtemps — il rapportait ainsi des fleurs à Ma !

Mais Alice n'aime pas Menga. Elle n'entre pas dans ses jeux... Qu'elle soit gitane la rend subitement intéressante. Quoi qu'en ait dit Pa, rien ne prouve qu'elle ne va pas voler Alice pour la vendre comme dans les dessins animés de la télé... Un frisson d'horreur, de terreur, et de plaisir : une peur délicieuse envahit Alice.

Cela fait près de deux mois que Ma est partie, et quand Alice demande : « Ma n'a pas téléphoné », Pa allume une cigarette ou se sert un whisky. Et sa voix est sèche pour dire : « Ne pose pas toujours les mêmes questions idiotes ; je t'ai dit mille fois... »

Chez William on parle de moins en moins de Sylvie depuis que, Dick ayant demandé à Alain s'il avait des nouvelles de sa femme, Alice a déclaré en secouant la tête :

— Non, Mamie est trop malade. Ma ne peut pas téléphoner ni — et subitement c'est comme un rideau rouge qui se lève devant un public intrigué — ni écrire...

A quelque chose qu'elle ne saurait discerner, ou expliquer, elle sent qu'elle n'aurait pas dû dire cela. Mais pourquoi ? Puisque c'est la vérité. Une vérité insaisissable, donc qu'il faut affirmer pour y croire. Et ce silence, qui a suivi sa déclaration, lui a semblé si long.

Et Pa qui n'avait pas répondu à Dick...

Les enfants déforment, sans le savoir, le vrai, jusqu'à ce qu'il devienne « leur » vérité. Mais elle est peut-être plus certaine que la vérité des adultes.

Les vacances ont cela de féerique que chaque matin apporte son cadeau surprise.

Ce matin Pa a dit :

— Il faut que j'aille à la Colonia San Jordi. Veux-tu venir avec moi ? J'en profiterai pour m'arrêter à Santany afin de voir Manuel.

— Celui qui répare les voiles ?

— Oui, le foc a besoin d'être remis en état et il est le seul de l'île à travailler aussi bien.

C'est merveilleux. Partout, chez Manuel, il y a d'immenses voiles en tas : des rouges, des bleues, des blanches qui attendent sagement d'être réparées pour reprendre la mer.

— On déjeunera chez La Maria ?

— Si ça te fait plaisir.

— On mangera de la chèvre ?

— De la chèvre !

Danser a toujours été une manifestation primitive de la joie. Alice tournoie en courant dans toute la maison jusqu'à ce que la voix, qui se veut sévère, de son père gronde : « Tu viens ou je te laisse ! »

Dans les fossés, le printemps a mis de grosses fleurs blanches à cœur noir qu'on ne trouve qu'à Majorque au moment de Pâques, et le restaurant de La Maria est sur la place.

Oh ! surprise : Jack ! Il y a un menu fixe à cinq cents pesetas...

Jack multiplie les « *hello* » de bienvenue. Pa offre une cruche de vin *de la casa* qui est apportée avec des olives majorquines.

— Il est très bon, dit Jack. Inutile d'en prendre un plus cher.

Économe, même quand ce sont les amis qui paient. Lui aussi est venu voir Manuel pour faire rapiécer une voile.

41

— Je donne une soirée samedi ; on sera une trentaine. Chacun apportera son dîner et on le fera cuire sur le barbecue.

— Bien sûr, dit Alain, tu nous offriras la boisson !

Les quelques mèches qui restent plantées sur le crâne de Jack volettent d'angoisse. Ce problème... et il n'y avait pas pensé.

— Heu.. c'est-à-dire... tu sais les uns préfèrent la bière, les autres le vin... Il vaut mieux que chacun apporte ce qu'il veut !

Jack est un des guignols qui amuse le plus Alice...

V

Cela faisait tellement de jours, de semaines, de mois...
je finissais par oublier que Ma était partie... et nous
étions toujours sans nouvelles d'elle ni de Mamie.

Heureusement le temps n'a pas la même mesure
pour les enfants que pour les adultes. Il est à la fois plus
long et plus court. Au début surtout, Pa disait que Ma
avait téléphoné trop tôt, avant que je me réveille, puis
peu à peu il avait cessé d'en parler.

Mes jours, faits de jeux, d'école, de Pa, étaient telle-
ment remplis que le soir je tombais dans le sommeil
oubliant toute autre chose...

Pourtant, au fond, tout au fond de moi, comme dans
la profondeur d'un lac il y avait l'obsession « maman »
qui y restait cachée. Et subitement elle remontait à la
mémoire, me faisant frissonner d'inquiétude, d'angoisse.
Et pendant dix minutes ou deux jours, j'étais envahie
par — je devenais — cet effroi.

C'est lors d'une de ces angoisses, qui me faisaient tel-
lement peur, que j'ai trouvé : « Mamie est morte » et je
me suis mise à pleurer. Des larmes qui me rendaient si
triste mais en même temps me calmaient car ainsi tout
s'expliquait.

Je construisais, pensée par pensée, mon histoire : Ma
mère ne revenait pas parce qu'elle avait beaucoup à
faire : ranger les affaires de Mamie — est-ce qu'elle
allait jeter cet éléphant vert que j'aimais tant ou me le

rapporter ? A chaque détail que je rajoutais, les larmes coulaient, plus vite encore, se multipliant, couvrant mon visage, comme d'un rideau, de leur tiédeur ; c'était un chagrin immense — j'aime beaucoup Mamie — mais normal ; cette terreur m'envahissait quand venait effleurer en surface de ma vie le sombre mystère. Je savais qu'une mort ça dure très longtemps après la mort. Ma tante était « montée au ciel » m'avait dit un jour ma mère... je devais avoir trois ou quatre ans et je lui avais demandé où se trouvaient les escaliers qui menaient au paradis...

Il avait fallu qu'elle s'occupât d'un tas de choses, de papiers auxquels je ne comprenais rien, de vendre l'appartement de ma tante, de donner ses affaires...

Pa et ma mère avaient tout fait pour m'épargner cette sordidité qui sont les larmes noires de la mort. Mais j'avais bien compris...

Le soir, Pa, en rentrant, m'a trouvé tapie par terre dans un coin, rouge de sanglots rentrés et de pleurs.

Il m'a prise dans ses bras, angoissé, me croyant malade, puis s'est aperçu que tout simplement j'étais en larmes. Il a souri, revenu de sa peur, et m'a dit, pas très sérieusement : les adultes ont décrété qu'une petite fille ne peut avoir un gros chagrin que pour une babiole.

— Qu'est-ce que tu as ? De mauvaises notes à l'école ?

Je me suis jetée dans ses bras : « Mamie est morte ! » Il m'a regardée sans comprendre mais déjà dans la crainte d'un malheur — lui aussi il aime beaucoup Mamie.

— Quelqu'un a téléphoné ? Qui ? Comment le sais-tu ?

J'ai fait non de la tête.

Le chat noir, qui habitait à présent avec nous, est venu, en ronronnant pour me consoler.

— Ce n'est pas possible que Ma n'ait pas donné de nouvelles depuis... depuis... Alors, il faut bien qu'il y ait quelque chose de grave et ce ne peut être que la mort de Mamie.

Pa a baissé la tête. J'ai bien vu qu'il était très triste. Je lui en voulais comme s'il était responsable !

— Toi et Ma, vous me l'avez caché. Tu dois lui téléphoner de chez William pour que je n'entende pas, mais j'ai bien compris, va !

Et je pleurais de plus en plus fort ! Pa m'a prise sur ses genoux, il m'a dit — il était très grave et je l'ai cru :

— Je te jure que Mamie n'est pas morte.

J'étais bien contente, mais il y avait en moi, en même temps que ma joie, une sorte de déconvenue : Pourquoi alors Ma n'écrivait-elle pas, ne téléphonait-elle pas ? Il y avait un mystère et je n'y étais pas initiée !

Pa a dû lire mes pensées car il a ajouté :

— Je t'expliquerai... mais pour l'instant j'ai beaucoup de travail, je n'ai pas le temps... il n'y a rien de grave... Fais-moi confiance.

Et je lui ai fait confiance. Jusqu'au jour où...

VI

Bleus sont les murs de la cuisine. Quel savant, ou quelle ménagère attentive, a découvert que les mouches détestaient poser leurs six pattes sur cette couleur ?

Bleu de Majorque bien sûr. Majorque a dû être vouée par saint Jean, patron de l'île, à la Vierge Marie, puisque cette froide chaude couleur — est celle des céramiques et des tissus de l'île.

Bleu et blanc donc, le tissu — un peu rêche parce que tissé à la main — dont Menga fait des rideaux.

La couture n'ayant jamais empêché de parler les langues courent, plus vite que l'aiguille.

Carmencita :

— *Don* Hans vient dîner ce soir avec sa femme.

— L'Isabelle...

Le ton de Menga, pour ce simple prénom, est arrivé à exprimer tant de choses que la curiosité de Carmencita en frémit.

Elle abandonne, ne pouvant faire deux choses à la fois, le cochon de lait qu'elle préparait pour le dîner.

— Ils ne sont pas mariés depuis longtemps ; deux ans je crois... et il est plus vieux qu'elle !

— Tu ne sais pas ?

La voix est anodine, de Menga, mais que de sous-entendus !

— Quoi ? Il y a deux ans j'étais encore chez mes parents...

46

— C'est sa seconde femme. La première a été retrouvée sur la plage. Noyée...

Pour énoncer une nouvelle aussi sombre, le rideau, après le cochon, est abandonné.

— Doux Jésus ! Ça a dû être affreux pour *don* Hans ! Heureusement pour lui qu'il a retrouvé une autre femme !

Menga baisse la tête sur son tissu. Il y a des choses qu'on ne peut que chuchoter.

Tragédie grecque ou B.D.... Carmencita attend, haletante, le rebondissement. Qu'il est long à venir. Menga enfile son aiguille. Impossible de parler pendant cette manœuvre délicate. Enfin :

— La *guardia* a dit qu'elle avait peut-être été assassinée.

— Comment ils ont pu savoir ?

Adieu cochon... S'il n'est pas cuit pour le dîner, ce sera la faute de Menga.

— Il n'y avait pas d'eau dans ses poumons. Si elle s'était noyée il aurait dû y en avoir.

— Et ils ont trouvé l'assassin ?

— Bien sûr que non...

Menga hausse les épaules pour témoigner son mépris de la police.

— Mais ne va surtout pas le répéter ! Ici on a chuchoté que c'était son mari lui-même qui l'avait tuée.

— *Don* Hans ?

Toutes deux, subjuguées par l'horreur, n'ont pas vu Alice sur le pas de la porte. Le « Bonsoir Menga », fait retrouver ses réflexes à une Carmencita effarée. Ce n'est pas une histoire à raconter devant un enfant ! Mais peut-être qu'elle ne l'a pas entendue ! Au lieu de crier comme ce serait normal, elle dit :

— Carmencita, tu veux bien me donner mon goûter ?

Dîner : Hans, Isabelle, des amis... et le cochonnet, présenté, entier, par Carmencita, lui vaut des félicitations.

Alain aime bien Hans qu'il apprécie. C'est un architecte allemand. Venu en vacances à Majorque, il y a une douzaine d'années, il y est resté.

— J'ai trouvé l'île tellement plus agréable que Cologne. Je me suis dit que je pourrais aussi bien y travailler qu'en Allemagne, tout en y ayant plus chaud. Et puis aussi réaliser mon rêve d'enfant : avoir un bateau !

Il a un deux-mâts de douze mètres et c'est un marin authentique : épaules carrées d'athlète, bronzé par le soleil, été comme hiver.

— Et moi ce n'est pas pour le laisser dans le port comme les gros richards qui s'en servent pour épater la minette et y inviter d'autres gros richards à prendre un verre.

Il sort toute l'année, même par mauvaise mer.

C'est merveilleux de jouer avec les voiles et le vent. Sensuel !

Alain et lui se passionnent dès qu'ils parlent voile.

— Et puis j'ai rencontré de La Fuente chez des amis. Il m'a pris comme second... la chance ! Tu sais, Alain, il est tellement connu, tant ici qu'à Barcelone... Le travail n'arrête pas. Rien qu'avec toi, on en a au moins pour cinq ou six ans.

« C'est un bonheur de travailler avec lui parce qu'il respecte le paysage. Jamais il ne le défigure. Ses maisons s'y intègrent tellement qu'elles en deviennent partie. Ce n'est pas comme certains endroits de la côte avec les hôtels gratte-ciel. Affreux ! »

— C'est bien pour ça que je l'ai choisi !

Conversation sérieuse d'hommes. Un troisième y participe : un décorateur ; lui aussi travaille pour Alain.

Les épouses papotent. Les sujets sont les mêmes : ils se connaissent tous ! Et tous parlent anglais, leur seconde langue. La première pour le travail.

— Bah, dit Isabelle qui a de l'esprit, pendant qu'on cancane, on ne dit pas du mal des autres !

Rires. Il est onze heures, le moment le plus agréable pour dîner. Ils sont bien, détendus, les étoiles se reflètent dans la mer.

— Ce sont les feux des *marinéros* qui sortent pêcher.

Les visages adultes se tournent vers la petite fille qu'ils avaient oubliée et les ramène à l'ordre naturel des choses. Sourires, phrases traditionnelles... seul change l'adjectif : qu'elle est jolie... adorable... ravissante...

Puis reprennent les conversations où les feux des bateaux n'ont pas de place. Seul Hans, qui vient souvent dîner et aime bien Alice, ajoute :

— Et tu es la plus parfaite maîtresse de maison depuis que...

Il s'arrête, se morigénant intérieurement : « Balourd d'Allemand ! Il fallait que je fasse cette remarque idiote »

Plus personne ne prononce le nom de Sylvie devant Alain ! Chez William, les ragots se ressemblent beaucoup : la vie privée des autres on en parle, derrière eux, mais on ne s'en mêle pas... ainsi avait commencé le roman d'Isabelle et de Hans...

— Tu n'as rien mangé, chuchote Carmencita.

— Pas faim.

— Tu n'auras pas de dessert alors...

— M'est égal...

Qu'est-ce qu'elle a ? Elle n'est pas comme d'habitude, juge Carmencita qui aime Alice, au moins autant que Fernando, son petit frère.

— Dimanche, je demanderai à *don* Alain s'il ne veut pas nous mener chez maman.

« Maman, pauvre petit chou. » Carmencita soupire en passant le *raicaisson*, la tarte au fromage de Pomar, le meilleur pâtissier de l'île.

Et si Pa avait tué Ma, comme Hans sa première femme ?

Les pensées sombres sont pareilles aux gros nuages qui s'accumulent dans le ciel pour cacher la gaieté des étoiles...

— On dirait qu'il va y avoir un orage... j'ai entendu dans le lointain.

— Rien d'étonnant, avec la chaleur qu'il a fait aujourd'hui.

— Tu veux un peu de champagne, Chérie-Alice ?

Alice tend, sérieuse, son verre où quelques gouttes de vin tombent. De nouveau, sourires et compliments.

Pourquoi les adultes se croient-ils obligés de prendre les enfants pour des chiens savants ?

Depuis que j'avais surpris la conversation de Carmencita et de Menga, je me posais la même question. Elle était en moi. Devenue MOI. Plus encore que cette crainte d'autrefois, me tenant éveillée quand mes parents étaient sortis : je faisais semblant de dormir lorsque Carmencita venait m'embrasser avant d'aller se coucher. Mais je me relevais et j'allais à la porte d'entrée. Je restais collée à cette porte comme une mouche jusqu'à ce qu'ils arrivent. Parfois, s'ils mettaient trop longtemps, je m'asseyais sur une marche de l'escalier et j'attendais. Je restais là, une heure, deux heures, frissonnante d'angoisse, et puis quand j'entendais leurs pas dans la rue, je me précipitais. Ma première phrase, qu'ils fussent tous les deux, ou que mère revînt seule — cela lui arrivait de plus en plus souvent : « Vous ne vous êtes pas disputés ? »

Oh ! la longue seconde avant leur réponse... et Pa
disait toujours : « Non, chérie, pourquoi veux-tu... »
Mais si Ma était seule, elle me grondait pour être
debout au lieu de dormir.

Alain a dit :
— Chérie-Alice, il faut aller te coucher. Il est presque
minuit !
A son étonnement, Alice n'a pas protesté. Seulement :
— Bonsoir, tout le monde.
— Tu ne viens pas m'embrasser ?
Elle était déjà sortie. Les conversations entre les
grandes personnes ont repris.
Les larmes retenues pendant tout le dîner coulent sur
les joues d'Alice, maintenant qu'on ne peut les voir.
Elle n'aurait pas pu les cacher plus longtemps et Pa
et les autres auraient demandé pourquoi. Et cela il ne
le fallait pas, à aucun prix. Sa peur n'appartient qu'à
elle seule : elle ne doit la partager avec personne car ce
pourrait être encore pire.
Si on savait !
Alice va à son rendez-vous avec la peur qui l'attend
dans sa chambre ; la terreur qui la pétrit de ses mains
griffues.
Elle est épouvantée, comme lorsqu'elle était bébé,
par la noire nuit. Elle pleurait, criant, hurlant, contre
l'envahisseuse. Et voilà qu'elle la retrouvait, insi-
dieuse, déroulant lentement ses anneaux pour l'en
entourer. Mais elle ne peut plus appeler au secours
pour qu'on vienne l'en délivrer. Il lui faut se battre
toute seule. Surtout, surtout que personne ne partage
son abominable secret. Si quelqu'un le connaissait ! Et
Pa, moins que n'importe qui peut la consoler, parce
qu'elle ne croirait pas ce qu'il lui dirait pour la
rassurer.

Car cette peur a un nom ; Pa a tué Ma : la bête cruelle qui dévore le cœur d'Alice la fait hurler silencieusement. De toutes ses forces, elle repousse le monstre : « Pa a tué Ma. » Voilà pourquoi il a prétendu qu'elle était partie soigner Mamie.

Mais il MENTAIT.

Elle pleure silencieusement, non pas sur Ma, mais sur Pa : il fallait que Ma fût très méchante pour que Pa, si bon, si tendre ait...

Et une autre peur, un autre serpent rampe vers elle : un jour la *guardia* le saurait ; on viendrait arrêter Pa ! Et elle aurait beau expliquer que Ma était mauvaise, il irait en prison. Elle, Alice, ne le verrait plus : « Je mourrai si je n'ai plus Pa. »

Un rayon bleu de soleil et de mer éveilla Alice endormie dans ses pleurs et, immédiatement, elle retrouva son angoisse. Elle était assise, l'immonde, sur le bord de son lit, ne l'avait pas quittée, même dans son sommeil.

Comment savoir si...

Peut-être Carmencita connaissait-elle la vérité... mais jamais Alice n'irait le lui demander car si elle l'ignorait, il ne fallait surtout pas lui donner de soupçons.

A qui pourrait-elle parler ? Qui dirait la vérité ? Mais ne l'accuserait pas ? A cela aussi elle devait faire attention. Pa, arrêté par sa faute à elle, Alice, parce que, sans le vouloir, elle l'aurait dénoncé ! Et, pourtant, elle ne pouvait rester comme cela, plus longtemps, sans savoir ! Il lui semble que l'horrible chose est inscrite sur sa figure. Carmencita... à l'école, les petites filles, les maîtresses, vont le voir ! Dans les bras de qui pourrait-elle se réfugier sans crainte ? Qui l'aiderait à sauver Pa ?

Mamie ! Si vraiment elle avait été malade, elle devait être guérie et chez elle maintenant... Pourquoi je n'y ai pas pensé plus tôt ?... Mais je ne pense plus... de moins en moins... c'est laid... à Ma.

A Mamie, je peux tout dire ! mais si elle ne sait pas ? Si Pa lui a menti, à elle aussi, comme il m'a menti ? Si elle croyait Ma ici ! Il ne fallait rien qui puisse l'inquiéter.

Son numéro de téléphone était sûrement sur l'agenda de Pa. Alice allait l'appeler, tout simplement. Si elle était là elle lui dirait...

— Mamie, c'est moi, Alice...

— Oh, ma chérie ! que je suis heureuse de t'entendre. Tu me manques tellement, mon petit.

La voix berceuse de Mamie, prête à toutes les indulgences.

— Maintenant que tu es une grande fille, ton papa s'est donc décidé à te dire la vérité, pour que tu me téléphones. J'aime mieux cela. Toute cette comédie... je l'ai toujours trouvée ridicule. Comme si à ton âge on pouvait croire à de pareilles fariboles ! Idiot ! Au moins, à présent, je pourrai t'appeler, te consoler. Tu sais, chérie, il ne faut pas trop en vouloir à ta maman.

— En vouloir à Ma ?

— Bien sûr, tu dois trouver très mal qu'elle t'ait quittée, qu'elle ait quitté ton papa. Tu es encore trop jeune pour bien comprendre. Plus tard tu sauras que...

Alice n'écoute plus. Une seule chose compte : Pa n'a pas tué Ma. La *guardia* ne viendra pas pour l'emmener en prison !

A travers un immense voile de bonheur, quelques mots transparaissent :

— Ils étaient d'accord tous les deux pour ne pas te dire la vérité... Tu n'as pas trop de peine ?... Ta maman... Elle t'aime toujours beaucoup, tu sais, même si... Je viendrai cet été...

Carmencita a tout écouté dans le téléphone du rez-de-chaussée...

Oh ! par hasard ! Elle avait décroché parce qu'elle croyait que c'était l'épicier.

Aussi elle se demandait... Ça ne tenait pas debout que *doña* Sylvie reste si longtemps absente ! *Don Alain* avait beau dire, elle, Carmencita qui n'est pas idiote, n'y croyait plus depuis longtemps. Ah ce n'est pas elle, quand elle serait mariée... avec un enfant ! Même si son mari la battait !

A gros sanglots elle pleure sur le sort d'Alice.

J'avais envie de rire et de chanter, Pa n'avait pas tué mère : c'était la seule chose qui comptait !

Quand il est rentré le soir... Oh ! je me revois : je me tenais droite, les mains derrière le dos, le visage aussi sévère que je pouvais.

Je lui ai dit :

— C'est très mal de mentir. J'ai téléphoné à Mamie et je sais la vérité.

Maintenant je lui en voulais de toute l'angoisse que j'avais éprouvée !

— Vous auriez dû me le dire... j'étais assez grande pour comprendre.

Je reprenais, sans m'en apercevoir, les mots de Mamie. En fait, je ne comprenais pas ce qui s'était passé et je cherchais surtout à ne pas le réaliser. Ce clair-obscur me convenait : Ma était partie, voilà tout : il n'y aurait plus jamais de disputes et j'allais avoir Pa pour moi seule.

Indéfiniment.

VII

L'été, les bains de mer, la plage et les rochers où Alice ramasse les coques d'oursins qui y ont échoué : mauves, rose passé, vertes ; si belles qu'elle en a toute une collection dans sa chambre, pareilles à des pastels.

L'hiver, l'école, les feux de bois, Pa qui rentre plus tôt, Palma l'heureuse, où il l'emmène, avec ses bars comme on n'en voit nulle part : anciennes chapelles où nichent des statues, dont on ne sait si elles sont païennes ou chrétiennes et les gigantesques bouquets de roses et de tubéreuses, le sol parsemé de pétales de fleurs, et où on parle bas comme à l'église.

Février à nouveau et ses amandiers en fleur qui transforment l'île en un gigantesque bouquet de mariée.

Et Carmencita qui chante et rit encore plus que d'habitude parce qu'elle a un *novio* : c'est un contre-maître qui travaille pour Pa. Ainsi elle restera à la Casa d'Alice, même mariée. A l'automne sûrement.

Le voilier, Pa torse nu, aussi à son aise sur le chantier que sur le pont du bateau. Alice a peur quand il monte et descend les voiles. Mais elle l'admire telle-ment. Personne n'est aussi bon marin que lui, pas même Hans ! Et, elle, est son mousse...

Puis Mamie qui vient. Ce n'est pas une grand-mère comme dans les dessins animés avec des cheveux blancs, des rides et tricotant. Elle porte des shorts et nage avec Alice. C'est Ma avec vingt ans de moins. Et toute la tendresse du monde dans ses yeux verts comme ceux de sa petite fille.

Le soir de son arrivée, elle a attendu qu'Alice se soit éloignée.

— Alain, j'espère que... Je suis venue parce que vous me l'avez demandé... mais... évidemment... c'est gênant pour vous et pour moi. Je vous aime beaucoup et j'en veux à Sylvie. Je ne comprends pas... mais c'est ma fille ! J'aimerais mieux que vous me le disiez franchement. Voulez-vous que je reparte dans quelques jours ?

Alain lui a pris les mains :

— Vous serez toujours maman-belle.

Pour elle il a souri ; un sourire de tendresse.

— A moins que vous ne vouliez pas...

William's

William passe les consommations, muet et souriant. Un soir tiède de mai.

Devant « sa » table, un peu en arrière des autres, Alexander, le mari de Menga. Arrogant.

Sur quelle phrase, de quelle conversation, Alexander le silencieux a parlé :

— Hitler aurait bien dû finir son job...

Toutes les têtes se sont tournées vers lui, effarées.

Mais personne ne bouge.

Pa. Il s'est levé : blême. Grand-père — je ne l'ai pas connu — était dans la Résistance. Pa me l'a expliqué. Il a été torturé par les nazis. « Il n'avait plus de visage », dit Pa, « lorsqu'ils l'ont ramené à la maison et jeté devant notre porte comme une immondice ». Grany, qui était anglaise, est morte, six mois après, de chagrin.

Pa s'est levé et tous le regardent. Alexander aussi, qui s'est mis debout, dédaigneux, ricanant.

Le poing d'Alain est parti, s'est écrasé sur ce visage qu'il hait.

Alexander chavire en arrière, se rattrape mal à une chaise. Quelques Anglais se lèvent lentement... hésitant : Si les deux hommes se bagarrent, il leur faudra peut-être aller donner un coup de main à Alain.

Mais Alexander a déjà disparu, happé par la nuit.

Jacassage. Indignation. « Cet homme est vraiment un salaud », commente l'un d'entre eux, suivi du bourdonnement des autres qui acquiescent.

— Seulement, aucun d'entre vous n'a eu le courage de le lui dire. Viens Alice. On s'en va.

Ils se lèvent.

Traversent un silence gêné.

Alice, jamais, n'a été aussi fière de Pa.

Une très jolie femme suit d'un œil admiratif ce Français qui vient de donner une leçon aux Anglais. Alice a observé son regard. Elle sourit. Ce n'est pas la première fois — à douze ans, on voit les choses qu'on ne remarquait pas plus jeune —, Pa est très beau. Elle le sait mais jusqu'à présent il n'était beau que pour elle. Maintenant, elle le voit, avec orgueil, dans les regards féminins.

Mais, ce soir, ce n'est pas pour cela seulement que cette blonde — aussi blonde que Ma l'était — le regarde :

Pa est un héros.

Pa est un héros ! En fait si elle réalisait sa vérité profonde, si elle osait se la révéler, Alice penserait « Pa est un Dieu ». Et elle se fond en ce Dieu, devient lui à force de l'adorer, comme Pharaon adorait Râ jusqu'à devenir Râ lui-même.

VIII

— Veux-tu venir avec moi puisque tu es en vacances ?

— Sur le chantier ?

— Sur le chantier. Mais je te préviens, il faudra te lever de bonne heure. Je pars à sept heures.

Il faut presque une heure pour arriver à la zone d'urbanisation. Des taches blanches, légèrement ocrées, qui seront un jour des maisons, commencent à s'égailler sous les pins. Seul un vieux baraquement détonne : le bureau de Pa et des architectes : il sera démoli quand tout sera fini.

Alice reste immobile, regardant passer et repasser ceux qui viennent se plaindre de la lenteur majorquine. Le constant refrain qui rythme toutes les phrases : « *mañana... mañana...* ». Les égouts sont presque terminés, mais l'électricité n'est toujours pas posée... Quant au téléphone !

Pa calme les entrepreneurs, discute avec les architectes... Hans entre. Pour lui Alice se départ de son attitude un peu compassée et l'embrasse fort. Comme pour se faire pardonner d'avoir douté de Pa et écouté les commérages de Menga.

La matinée passe dans les coups de marteau, l'infernal tapage des bétonneuses, les « hans » des bûcherons qui accompagnent, souvenir des pères, les scieuses mécaniques et les ordres des contremaîtres

58

qui dirigent le déchargement des *marès*, ces belles pierres blondes de l'île.

De La Fuente et Alain les ont exigées afin qu'aucune couleur brutale ne vienne heurter la douceur de ce côté, encore préservé, de Majorque.

Et puis, subitement, comme à un inaudible coup de sifflet, tout s'arrête à dix heures. Même les gigantesques grues. Les bruits assourdissants sont remplacés par le chant de la mer : l'heure de la *mérienda*. Les Majorquins s'asseyent, dos contre le tronc d'un pin, et tirent de leur musette *bocadillos, soubressadas* et le *vino tinto*. Cela leur permettra d'attendre le déjeuner.

Alain aussi s'est arrêté. Il redevient Pa pour demander :

— Veux-tu venir manger des *tapas* ? Il y a un petit bar pas loin qui en a de délicieux... et je n'aurai peut-être pas le temps de déjeuner.

Des *tapas* ! Les Espagnols « bien » les mangent avec l'apéritif : plats étranges, exposés sous vitre comme de précieux objets. Ils permettent d'attendre le déjeuner à trois heures. Les touristes, du moins ceux qui acceptent une cuisine différente, en font souvent leur déjeuner.

— Il y aura des *pica-picas* ?

Les poulpes coupés en menus morceaux et accommodés au paprika.

— Les meilleurs de toute l'île.

Hans, quelques autres, accompagnent le « patron ». Le bar est devant une église. Il y a un office et les portes en sont exceptionnellement ouvertes : on n'a plus le droit d'aller voir Jésus en privé.

Alice s'y précipite, non pour prier, mais... :

— Pa, Hans, il faut que vous y alliez. C'est beau ! Toute la voûte est ronde. Sans rien pour la soutenir.

— La petite a raison, dit de La Fuente, je l'ai déjà vue, mais j'aimerais la revoir, venez.

Il a un sourire, rare chez lui :

— Alain, votre fille a le sens des proportions et de la beauté. Il faut en faire un architecte.

Elle s'en est empourprée d'orgueil. Pa a répondu :

— Pourquoi pas ?

Les *tapas* sont servis dans de minuscules assiettes avec des fourchettes de poupée. Jamais ils n'ont paru aussi bons ! Le rêve, en elle, évoqué par de La Fuente, devient réalité puisque Pa l'approuve.

Et les *pica-picas* meilleurs que tous ceux qu'elle a mangés jusqu'à présent. C'est un déjeuner d'hommes et ils parlent à Alice non pas comme à une petite fille !

IX

— Maman-Belle, vous avez rajeuni !

Elle rit, le rire le plus jeune, le plus tendre qui soit.

— Un lifting, Alain ! Rien de mieux pour rendre sa joie de vivre à une femme.

— Oh ! Mamie, c'est toi que Pa aurait dû épouser !

La cruauté des enfants. Une cruauté qui est souvent une vérité faussée.

— Tu m'as pour Mamie, c'est pareil... presque ! Dis-moi, tu n'irais pas me chercher une de ces coques d'oursins qui sont si belles ?

Alice s'est envolée vers les rochers : un double plaisir : celui de Mamie et le sien.

— Heu... Alain... Je voulais vous dire...

La crispation des traits...

— Pardonnez-moi ma curiosité... Cela ne me regarde pas... Alain, il y a une femme dans votre vie ?

Rire : faux ? Vrai ?

— Plutôt plusieurs... Cela fait plus de trois ans que Sylvie et moi avons divorcé !

— Je ne vous ferai donc pas de peine en vous disant...

Un arrêt.

— ... qu'elle s'est remariée.

Il regarde la mer. Carmencita va annoncer le déjeuner. La vie si différente, toujours pareille. Tout cela

61

date de... Alice venait d'avoir huit ans quand sa mère...
elle en a douze. C'est idiot cette... comme si on venait
de lui apprendre que le chantier vient de s'écrouler.

Il s'oblige à redevenir lui-même : l'homme de tous
les jours.

— Bien sûr que non... en fait il n'y a plus qu'Alice
qui compte, puisque Sylvie a demandé que j'en aie la
garde.

— J'ai pensé qu'il valait mieux que vous l'appreniez
par moi que par des étrangers.

— Merci...

Le charme d'Alain... Jamais elle ne comprendra sa
fille.

— Et... elle a épousé celui qui... pour qui...
Regard attendri de la Femme pour l'homme.

— Bien sûr que non ! Un autre...
Un silence : celui de la mère. Puis :

— Je n'ai pas été invitée au mariage. J'ignore même
où est ma fille. Au Canada je crois, à moins que ce ne
soit en Australie... Ses vœux pour la nouvelle année
me l'apprendront. En vérité, Alain, je ne sais plus rien
d'elle et, à tout vous dire, je ne tiens pas à savoir.

Entre ma petite-fille et ma fille, j'ai choisi.

*J'avais douze ans ou treize. J'étais allée dans le bureau
de Pa lui voler un stylo, j'avais perdu le mien et mes
devoirs à faire. A ma surprise et à mon ravissement, il
avait laissé entrouvert le tiroir secret du vieux bureau.
J'en connaissais l'existence mais il n'avait jamais voulu
me montrer sa cachette. « Sans ça ce ne serait plus un
secret », disait-il.*

*Je partageais honnêtement son point de vue — c'était
un peu un jeu entre nous — ce qui ne m'empêchait pas*

62

de mourir d'envie de l'ouvrir. Et voilà que le hasard allait me le permettre.

Je le tirai vers moi, et, comme un diable de sa boîte, me sauta au visage une lettre dont, malgré le temps passé, je reconnus immédiatement l'écriture.

Pourquoi l'ai-je lue ?

Mon excuse était toute prête : une lettre de Maman ! J'avais bien le droit de la lire. D'autant que Pa était COUPABLE : Sa date montrait qu'elle avait été écrite deux mois après son départ ! Pourquoi ne me l'avait-il pas dit ? C'était lui qui avait mal agi en me la dissimulant ! Mais je ne voulais pas penser : elle était peut-être trop personnelle pour qu'il m'en parle. Les enfants savent toujours trouver des excuses à leurs fautes... Quand même j'hésitais à la lire, la tournant et la retournant dans la main, lorsqu'un mot me frappa, auquel je ne pus résister : « Alice. » Il s'agissait donc de moi... La curiosité l'emporta définitivement. Peut-être, sans mon nom l'aurais-je quand même remise dans le tiroir et refermé celui-ci, mais je fus happée par ces mots : « Tu sais bien que tout est de la faute d'Alice... »

De MA faute : il devenait obligatoire que je sache pourquoi. Qu'avais-je pu faire de si affreux qui ait entraîné le divorce de mes parents ? Les idées les plus folles tournoyaient dans ma tête : N'étais-je pas la fille de Pa ? J'étais suffisamment grande pour comprendre... et je ne pouvais plus arrêter ma lecture. IL FALLAIT QUE JE SACHE ! Oh ! si Pa n'était pas mon père... Tout en moi se nouait et se dénouait en même temps. J'aurais voulu mourir avant de savoir.

Je repris plus haut :

« Bien sûr, il y a tout ce que je t'ai dit... cette île ! je n'ai jamais pu supporter les îles, je m'y sens en prison... et je ne sais même pas nager — tu me l'as assez reproché — pour pouvoir m'en échapper... »

J'entendais, en lisant, le rire ironique de ma mère...

« Ah oui, le beau blond... un amour d'été, passade d'une femme qui s'ennuie. Nous sommes assez intelligents tous les deux pour... »

« Mais la vérité est autre : celle qui est comme un poison en moi : TA fille. »

TA... cela devenait le contraire de ce que j'avais cru. D'abord, une seconde, j'ai pensé que j'étais une enfant adoptée, puis la « vérité » m'apparut : Pa m'avait eu avec une autre femme que Ma ; c'est pourquoi elle me détestait. Je pleurais mais je continuai à lire.

« Car c'est bien TA fille, ce n'est pas la mienne : je voulais me faire avorter... »

Avorter... ce vide... c'était comme si je n'existais pas. Je ne devrais pas être là.

« C'est toi qui ne l'a pas voulu. »

« Nous étions si jeunes mariés et je te voyais à peine. Tu partais à six heures du matin ; tu rentrais à huit, neuf heures du soir, crevé, disais-tu. On en était arrivés à ne même plus faire l'amour... Dieu que j'en ai souffert ! Mais tu avais le temps de prendre ta fille sur tes genoux, de la cajoler, de lui demander ce qu'elle avait fait dans la journée... regarder avec elle un goéland. Moi ! tu t'en foutais bien.

« Le peu de vie commune que nous aurions pu avoir, c'était à elle que tu le réservais... »

Je ne l'ai lue qu'une fois cette lettre, mais je la sais par cœur ; je me la suis si souvent répétée, la comprenant mieux au fur et à mesure que je grandissais.

« ... revenir avec toi... Tu sais bien que je ne reviendrai jamais. Ou, alors, mets Alice en pension. Tu l'as refusé quand je te l'ai demandé ; quand je t'ai dit que c'était le seul moyen de sauver notre couple.

« Être jalouse d'une petite fille, de MA petite fille... ridicule... grotesque... Me l'as-tu assez dit ! Pauvre con...

je n'étais pas jalouse dans le sens "sexuel". J'aurais pu l'être aussi bien d'un chien ou d'un chat !

« Bien que... Nous aurions peut-être eu intérêt, l'un et l'autre, à relire ce monsieur Freud qui affirme que l'amour est UN, et ses diversités, hypocrisie ! Je ris en pleurant de tant de grotesquetés !

« Si, pour toi, Alice est la première qu'y puis-je ?

« C'était à toi de faire ce choix. Tu l'as fait. Et moi je me suis retirée. Ma seule faute est sans doute de t'avoir trop aimé et d'exiger l'exclusivité.

« Ta lettre, envoyée à Maman, la suppliant de me la remettre... Elle l'a fait, tu vois, et j'y réponds : tant que cette petite fille sera entre nous je ne reviendrai pas. Jamais. Je sais que je dois te sembler un monstre.

« Tu te trompes en croyant que je n'aime pas Alice. Je l'aime plus, voilà tout. Je l'aime en "la" femme. Un mot tendre, une caresse, un baiser... N'as-tu donc jamais compris l'importance que cela aurait pu avoir pour moi ? L'égoïste, c'est toi. »

J'avais douze ans et je découvrais les secrets de tiroir des grandes personnes et cette grande personne...
C'ÉTAIT MA MÈRE.

X

Dehlia

Blonde. Pas du blond argenté d'Alice mais de celui, presque roux, auquel le Titien a donné son nom pour en faire un adjectif.

Seule, dans la colline. A un kilomètre de ses plus proches voisins : Felipe et Magdalena. C'est comme cela qu'Alain a fait sa connaissance. Un grand berger allemand est sorti d'un fourré et, calmement, on pourrait presque dire courtoisement, lui a barré la route « on ne passe pas ». Une voix claire a crié « Uepo, Non ». Alors le chien s'est assis devant Alain et lui a tendu la patte.

Ainsi les a trouvés cette grande jeune femme qui a surgi en criant : « N'ayez pas peur, il n'est pas méchant. »

Puis sa crainte s'est transformée en rire, les voyant patte dans la main. « Nous avons déjà fait connaissance », a dit Alain. Le grand chien remuait la queue ; ce nouveau copain lui plaisait bien.

Alice, qui arrivait en courant de la ferme de Felipe, s'est arrêtée devant Uepo : « Oh ! qu'il est beau, j'en voudrais un comme ça. » Le berger lui a mis joyeusement les pattes autour du cou.

— Il aimerait avoir une petite fille pour jouer. Je m'appelle Dehlia et j'habite ici. Nous allions chez Magdalena chercher du lait.

— Et moi, j'y allais chercher ma fille.

Ils sont partis et revenus tous les quatre ensemble. Puis, simplement, Dehlia a invité Alain à prendre un verre, et comme ils se sentaient bien ensemble, à dîner avec ce qu'il y avait : une tortilla, l'omelette espagnole de pommes de terre et d'oignons doux, et pour dessert les fruits d'un colossal figuier qui couvre presque toute la terrasse.

Son parfum de miel et le bruissement des abeilles, Alain ne l'oubliera jamais.

À la joie d'Alice, Uepo, qui a à peine deux ans, est encore plus amusant que Fernando.

C'est une toute petite maison avec un grand patio plein de fleurs, une immense piscine cachée dans les lauriers-roses et un bois, domaine de Uepo, qu'il accepte de partager avec Alice.

— Je suis chilienne.

Son visage exprime la répugnance :

— Alors, Pinochet...

Le bouleversement, puis le chagrin ont succédé, sur ses traits, à l'expression du premier sentiment. Très vite :

— Parlons de choses plus insignifiantes.

Ils se sont revus.

Maintenant, au grand plaisir de Carmencita, Alain l'emmène presque tous les dimanches avec Alice chez Magdalena. Ils bavardent un moment : Felipe lui raconte, avec des mimiques de clown, que cet hiver son tracteur est passé sur lui : il en était descendu en oubliant de mettre le frein... Eh bien, miracle ! couvert de sang, il est remonté dessus — comment ? — « Le Christ m'a mené jusqu'à la ferme... »

— Je suis arrivée, a dit Magdalena, pour le voir tomber, évanoui, dans mes bras...

Felipe grimace de rire encore plus. Il a fait six mois d'hôpital, mais maintenant il va tout à fait bien. Et esquisse un entrechat pour le prouver !

Uepo arrive en courant, ayant senti Alice. Il lui aboie toute sa joie de la voir.

Alain va chez Dehlia. Il reviendra le soir chercher Alice.

De plus en plus fréquemment la Chilienne les garde à dîner tous les deux, l'homme et l'enfant, et leur fait un plat de son pays. Et puis elle va chercher des objets étonnants, des plats, des jarres... Dehlia les tient comme on présente des reliques :

— Mon mari était archéologue...

Alice les caresse respectueusement du bout des doigts. Elle aime leurs courbes, la patine des statuettes sur lesquelles ses treize ans réfléchissent... Elles lui font penser, sans en comprendre le comment, à ce que fait Pa. L'harmonie est la même quel qu'en soit le domaine.

— Ils sont très beaux et très vieux : deux mille ans sans doute... Précolombiens.

Dehlia hausse les épaules.

— Tout ce que j'ai pu sauver quand je me suis enfuie ! Ce n'est pas la valeur... oui, quand même, bien sûr...

C'est à Alain qu'elle s'adresse :

— Pinochet n'aime pas les archéologues.

Un sourire-sanglot, léger.

— J'en vends un de temps en temps pour vivre.

Et puis, vite, elle passe à autre chose.

— Quel âge as-tu ?

— Treize ans... tu pourrais quand même t'en souvenir, Pa.

Alice tire un bout de langue rose. Le chat noir qui croit que c'est à lui qu'elle s'adresse en fait autant.

Elle chantonne :

— Bientôt quatorze. L'île d'Anniversaire... plein de cadeaux !

Mais Alain ne rit pas. Il regarde d'un œil sévère cet hybride de mi-fillette, mi-jeune fille.

— Tu ne trouves pas que c'est un peu jeune pour flirter ?

— Flirter...

Elle le contemple, comme s'il parlait une langue inconnue d'elle. Ébahie, si loin de cette idée qu'elle est incompréhensible.

— ... avec cette espèce de grand escogriffe.

— ?...

— Je suis revenu un peu plus tôt que d'habitude et je t'ai vu sur les rochers avec...

— ... le fils de Dick ! On a fait la course dans la mer et c'est moi qui suis arrivée la première !

Elle est toute innocence, joie de vivre !

Les adultes gaffeurs sèment, dans la tête des enfants, la graine de l'idée qui va germer... et qu'ils leur reprocheront.

— Tu es grande pour ton âge, mais tu n'es qu'une gamine.

Le ton est de plus en plus sévère parce qu'Alain de plus en plus maladroit : difficile parfois d'être Pama !

— Tu n'as même pas encore...

Il s'arrête ; ce n'est pas à un homme de dire cela : demander à Carmencita de lui en parler ? Ou, peut-être mieux, Dehlia.

Alice a poussé un cri.

— Il est là ! Cinq heures, j'en suis sûre.

Regarde sa montre.

— Cinq heures ! Tous les jours, à cinq heures pile, il

69

vient se poser sur le rocher ! Combien de temps ça vit un goéland ? Comment se fait-il qu'il sache l'heure ?

Alice se retourne vers Dieu-Père qui doit tout savoir. Et puis, très femme, lui tapote la joue.

— T'en fais donc pas ! Parce que tu crois qu'entre filles, à l'école, on n'en parle pas ?

Elle est toute secouée par son rire.

— Ce que ça peut être innocent un homme ! Mais ça fait trois mois que... C'est Carmencita qui est allée à la pharmacie m'acheter des... enfin ce qu'il faut parce que moi, je n'osais pas !

— Je pense que les goélands vivent longtemps : au moins dix ou quinze ans, affirme Alain, très doctoral.

Il tient à s'épargner une conversation gênante. Mais que lui a-t-il pris ?

Et Alice, soulagée :

— Ah bon ! je devais avoir huit ou neuf ans quand il est venu pour la première fois. Il a encore des années à me rendre visite !

— Enfin, puisque c'est le fils de Dick...

Un garçon de quinze ans... à notre époque... il faut quand même que j'en parle à son père.

Pour ses quatorze ans, Dehlia a donné à Alice une minuscule coupelle. Est-ce que ce sont les siècles ou des mains de femmes, mortes depuis longtemps, qui l'ont ainsi polie ? La coupe vit toujours.

— On pense que les femmes y mettaient leurs fards...

Coupe dans une coupe, Alice la tient dans ses mains, émerveillée, respectueuse.

Et Alain espère que parfois la vie peut être phœnix et renaître de ses cendres.

— Tu sais, Carmencita, je suis sûre que Dehlia est la petite amie de Pa. Ne le dis pas à Menga ; toute l'île le saurait !

— Qu'est-ce que tu vas inventer ! Et à ton âge...

— Et alors ? Il est très beau Pa. Tu crois que je ne vois pas comment les femmes le regardent ?

Un sourire de fierté ! N'est-il pas le plus bel homme, le plus intelligent !

Et tant qu'il n'aime qu'Alice, tout lui est permis.

— *Don* Alain est sorti dîner avec *doña* Dehlia...

— Et... et moi ?

— *Don* Alain, quand il est allé te chercher à l'école (Malicieux, Carmencita guette Alice), on lui a dit que tu n'avais pas été sage... que tu étais en retenue !

Œil moitié sagace, demi-colère, Alice se force à se dominer.

— Le professeur ?

— Oh ! probablement. Tu es bien trop jolie pour qu'elle t'aime. Va chercher ce qu'elle a été dire à *don* Alain... Les vieilles chipies... même pas capables de trouver un homme ! J'en ai eu une comme ça.

— Mais Pa... Il aurait pu m'attendre !

— La *señorita* Dehlia avait son frère qui venait d'arriver. Elle voulait le faire connaître à ton père. De toute façon ils vont rentrer tard. Et toi, demain, pour aller à l'école... J'ai trouvé des gambas toutes fraîches, je vais te les faire à la *plancha*. Il y a un bon film à la télé et... regarde, ton oiseau, il est perché sur le rocher. Pourtant il est tard. Il t'attend.

— Oui, lui, il m'a attendu.

Après, sûrement, ils iront chez William...

Avec les « *hello* » d'usage. À peine étonnés. Les Anglais ne laissent rien paraître de leurs sentiments : « incorrect ! »

D'habitude c'est Alice — normal, sa fille — qui l'accompagne. Dehlia ? Une « nouvelle » qui ne fait pas partie de leur clan. Elle habite dans les collines et ne vient jamais ici, mais puisqu'elle est avec Alain... « *Hello !* »

Carmencita qui sait tout, voit tout :

— C'est pas la peine de faire la tête. *Don* Alain a eu raison : les « gens » (sous-entendu « bien ») ne dînent pas avant onze heures et toi, tu dois être à l'école demain à huit heures.

— Et les autres jours alors ?

— *Don* Alain ne sort avec toi que le samedi et le vendredi, tu le sais bien. Comme ça le lendemain tu peux dormir tard.

— Pas toujours... Il lui arrive de m'emmener d'autres jours. On rentre plus tôt.

Femme qui va fleurir dans peu de temps, Alice a raison en tout. Raison ?

— Et lui, alors ? Il va bien au chantier : ça ne l'empêche pas de sortir.

— Tu vas quand même pas te comparer à ton père. Tu es trop petite, et, de toute façon, LUI, c'est *DON ALAIN* !

Dehlia est tendre avec Alice comme sa mère ne l'a jamais été. Et de plus en plus souvent, elle vient dîner à la Casa d'Alice.

Celle-ci l'y a accueillie d'abord avec joie, puis insensiblement — s'en rend-elle bien compte elle-même ? — elle a changé un comportement qui devient suspicieux. Oui, Dehlia est bien « reçue » dans la Casa d'Alice, et celle-ci le lui fait sentir, marquant ses droits de « maîtresse de maison » vis-à-vis de l' « invitée ». Qui reste tard le soir, après que l'hôtesse se soit retirée sur un affectueux mais catégorique :

— Alice, l'école, demain !

— Bonsoir.

Bonsoir sec auquel — leur erreur — Alain et Dehlia ne prêtent guère attention : Adultes, tout l'un à l'autre.

Parfois même, Dehlia reste pour la nuit dans la grande maison où ne manquent pas les chambres d'amis. Alice le sent à son parfum qui traîne dans la maison comme une écharpe. Ces matins-là elle part en avance au grand étonnement de Carmencita.

— Je n'ai pas envie de rater le car !

Et, perfidement :

— Tu m'excuseras auprès de *doña* Dehlia pour ne pas être allée lui dire bonjour, mais je ne voulais pas la réveiller.

XI

L'île a la douceur et la tiédeur et la joie d'une femme qui vient de faire l'amour.

Luxe et beauté : Sur les plages les premiers parasols de juin s'entrouvrent, bizarres fleurs de mer, et sur les maisons, les bougainvillées sont une cascade de fleurs. Les cactées, cierges païens, se haussent du col pour rejoindre les palmiers. Le soleil couchant rend Majorque encore plus blonde avec des transparences roses.

Preuve de l'été naissant, les Majorquins commencent à installer leurs chaises sur le devant de la maison, dos au patio, face à la rue où tous les quarts d'heure passe au ralenti une voiture. Les touristes préfèrent les routes bitumées où l'on se suit à la queue leu leu, à la traversée des petits villages.

La mer s'arrête, frissonnante, au bord des rochers jetant doucement, comme un hommage, ses vagues au pied de la Casa d'Alice.

— J'ai quelque chose à te demander, Alice...

— A moi ? Que j'aie de meilleures notes ? Tu sais je ne vois plus le fils de Dick, puisque ça t'ennuyait ; d'ailleurs, il est au collège à Londres.

Elle rit, n'a rien envie de prendre au sérieux. Sourit à la mer douce qui attend les marées lointaines d'automne pour révéler sa méchanceté.

Pa a cet air... quand il va renvoyer quelqu'un et qu'il ne sait comment s'y prendre. Alice s'en aperçoit soudain. Il ne veut quand même pas mettre à la porte Carmencita si gentille... Bien sûr elle a des défauts, mais... non, ce n'est pas possible ! Menga ? Elle fait partie des meubles.

Subitement sans pressentir la question, elle s'inquiète, la peur monte en elle, incompréhensible et sournoise. Ce n'est pas son père qui est devant elle mais *Don* Alain.

— Qu'est-ce qu'il y a, Pa ? J'ai fait quelque chose de mal ?

Un sourire qu'elle lui ignorait ; comme une excuse derrière laquelle se dissimulerait une joie.

— Mais non, Alice... je voulais simplement... tu es grande maintenant.

La vie va vite ; il y a trois mois j'étais encore une gamine.

Elle ne répond pas. Quelque chose en elle vient de se briser, comme une coupe qu'un hasard malencontreux a fait tomber de vos mains... Le sourire d'Alain se crispe, se détache de son visage, flotte, irréel, autour d'eux.

— Voilà, ma grande fille, je voudrais... tu sais, cela fait plus de cinq ans que ta mère m'a quitté.

Elle a envie de dire : « à cause de moi », mais se tait. Non il ne faut pas.

Un silence. Court. Long. L'Éternité.

— Voilà — une phrase dans un souffle — je voudrais me remarier.

Comme les jours, les semaines, les mois peuvent s'accumuler : un point dans l'éternité. L'enfant est devenue une femme. Alain s'attendait à une manifestation de... joie. Il lui semblait qu'Alice aimait bien Dehlia. Ou... à quelques larmes : la jalousie des enfant. Il est « Pama ».

C'est un petit être froid sans réaction qui se dresse devant lui.

— Avec Dehlia.

— Bien sûr, Chérie-Alice. Elle t'aime beaucoup, tu sais.

— Quelle pension avez-vous choisie pour moi ? En France, c'est ce qu'il y aurait de mieux.

— Pension ? Mais qu'est-ce qui te fait penser ?

Elle hausse, d'un mouvement de femme, les épaules :

— Que ferais-je entre vous deux ?

Et puis tout à coup, inopinément, c'est une enfant qui sanglote, qui se roule par terre comme lorsqu'elle était bébé, qui voudrait être là-bas, dans la mer, et le crie ; le goéland, sur son rocher, la regarderait se noyer.

— Pa...

Il l'a prise dans ses bras. Elle se raidit pour s'en échapper. Ce ne sont plus les bras de Pa, mais d'un étranger qu'elle ne connaît pas, qu'elle n'a jamais connu.

— Moi, j'avais dit que je ne me marierais jamais... jamais, pour rester avec toi... MOI.

— Carmencita, appelez le médecin. Tout de suite. Alice vient d'avoir un malaise, de se trouver mal.

— Je lui avais dit de ne pas se baigner après déjeuner. Je l'appelle tout de suite, *don* Alain. Ne vous inquiétez pas, c'est une mauvaise digestion.

Alice est toute blanche, immobile dans les bras de *don* Alain, pourvu qu'elle ne soit pas morte ! Tout ça, moi, je sais ; c'est de la faute de cette étrangère... « Docteur, vite »... Elle veut mettre Alice à la porte de chez elle, de la *casa*, comme elle-même a été mise à la porte de son pays... « Oui, *señor doctor,* tout de suite. »

76

Trois jours de fièvre. Le docteur majorquin a été pontifiant et formel : une insolation sur un déjeuner trop lourd, et puis la mer est tellement polluée en ce moment avec les usines de Barcelone qui déversent...

— Vous n'avez pas remarqué qu'il n'y a plus de méduses ? Alors que tous les touristes s'en plaignaient ? C'est maintenant qu'ils devraient se plaindre. Elles ne trouvent plus de quoi se nourrir, *señor* : la pollution a tué les poissons !

Il est parti, rassurant, laissant ses prescriptions...

— Je ne me marierai pas, Alice. Tu sais bien... non, tu ne peux pas le savoir... ce que j'aime le plus au monde... Je ne voulais pas te faire de la peine. Au contraire... une maman... il me semblait...

— C'est toi, Ma...

Elle ouvre les yeux, regarde le soleil :

— Il est quelle heure ?

— Cinq heures.

— Le goéland est là.

Alain a fait semblant — autre chose en tête qu'une mouette... — de regarder.

— Oui, il est là.

— Tu vois...

La vie a repris, identique. De temps en temps Alain s'absente vingt-quatre heures, plus rarement quarante-huit : il faut qu'il aille à Barcelone... Une urbanisation demande tellement de papiers à remplir, tellement de fonctionnaires à voir. Pourvu qu'ON ne le lui vole pas... Alice est aussi hypocrite que son père !

Les jours ont passé. Dehlia vient de temps à autre dîner. La vie et Pinochet lui ont appris le silence.

Alice va chez elle... Magdalena, Uepo, Fernando... le cours normal des choses.

— Tu as grandi, Alice !

— Deux centimètres ! Carmencita m'a mesurée.

XII

Quinze ans. Le réalise-t-elle ? Oui, un peu. Les garçons sur la plage, en été, se retournent sur elle. Ils nagent en compétition qu'elle gagne toujours... mais s'ils s'approchent trop près, en Zodiac, des rocs — frontières naturelles de la Casa — elle crie : « Ici, c'est chez moi... » Et le lycéen en vacances, devant ce visage dur comme ce rocher sur lequel il voulait aller, repart.

Pour les Majorquins, elle est maintenant *doña* Alice.

Carmencita est mariée, mais cela ne change pas grand-chose, sauf qu'elle chante et rit encore plus qu'avant. Miguel, son mari, part le matin avec *don* Alain et revient le soir avec lui, puisqu'il couche ici, dans la même chambre que Carmencita. C'est normal : son mari !

Il y a eu une grande fête pour les noces. Chez les parents de la mariée, comme il se doit. Plus de cent cinquante personnes ! Depuis vingt ans Felipe et Magdalena économisaient pour le mariage de leur aînée. Même le *señor* de la ferme dont ils ne sont que les métayers est venu. Mais la place d'honneur, à côté du marié, a été donnée à Alice.

Quoiqu'elle soit leur voisine et qu'ils aient de bons rapports avec elle, la *señora* chilienne n'a pas été invitée. Ce n'aurait pas été convenable : les bruits circulent aussi vite que les fourmis.

Dans un an, peut-être même avant, l'urbanisation sera devenue partie du paysage. La plupart des maisons sont terminées et toutes, finies ou non, sont déjà vendues.

Alice va souvent avec son père voir la pinède où ont poussé — fleurs urbaines — piscines, patios, maisons.

— Tu auras mis six ans..., comme Dieu six jours pour créer le monde. Est-ce que tu te reposeras le septième ?

Les *casas* d'ocre rose s'épanouissent dans le sombre des sapins. Les patios en adoucissent la sévérité, les piscines leur servent de miroir, mais, de chaque *finca,* on voit la mer ; et son bruit toujours renouvelé — du chant tendre de Fauré, aux largos de Wagner, aux cris humains des sirènes, et aux stridences de Boulez — monte jusqu'aux plus lointains des domaines.

Journée accomplie, Alain aime — sa récompense — se promener, seul, parmi « ses » oliviers. Centenaires, ils sont, dorénavant, officiellement préservés. Aucun barbare ne pourra jamais y toucher. Il s'est assez battu pour cela ! Ils sont le pardon de certaines compromissions !

Que de pots-de-vin, de discussions avec des fonctionnaires inaccessibles qui, par grâce monnayable, deviennent compréhensifs.

Que de noir derrière ces blanches maisons, et de disputes sordides, harassantes. Le pur devient si facilement impur.

Mais les oliviers descendent jusque dans la mer et les siècles continueront, si Dieu le veut, à les bénir.

Alice aura quinze ans, seize au plus quand elle reviendra en France. Trilingue, ayant suivi les cours du collège espagnol qui a remplacé la petite école de Felanitz, plus les cours par correspondance, venus de

France, elle n'aura pas de mal à rattraper son retard scolaire, si retard il y a...

Pour l'instant elle s'angoisse :

— Mais ma *casa*...

— Ce sera toujours notre maison. On y viendra pour toutes les vacances.

— Noël aussi et Pâques ? Et Carmencita ?

— Elle y restera pour la garder et que tout soit prêt quand nous arriverons... et puis je suis en pourparlers pour une urbanisation à Ibiza... Une demi-heure d'avion !

Il pense, sans le dire, que la vie se charge toujours de l'avenir et que c'est elle qui en décide à son gré. Et, donc, ce choc au cœur : quoi qu'elle puisse croire, un jour Alice le quittera pour un autre homme.

Leurs rires s'éparpillent jusqu'à la *Ronda*, rendant encore plus joyeuse Palma l'heureuse. Les robes courtes dont on ne sait plus si ce sont celles d'écolières poussées trop vite ou de filles-femmes dont elles moulent les hanches et les seins.

— *Asta mañana.*

Le groupe de filles s'est figé comme pour une photo d'autrefois, devant la porte du lycée. Elles sont à l'âge où la carrosserie des voitures passe avant leur cylindrée. Celle-ci, rouge, sièges de cuir, décapotée... À faire rêver une lectrice d'Harlequin !

— Pa...

Se détachant du groupe, Alice a sauté par-dessus la portière, comme dans tout film qui se respecte, et se jette dans les bras...

Grand, beau, c'est pas vrai ! Et cet œil rieur qui ne voit que cette Alice, sympathique jusqu'à présent, mais enviée, dès cet instant, à l'en détester :

— J'étais à Palma... J'en ai profité pour venir te chercher. Cela te fait plaisir ?

— Oh ! elles vont toutes croire que tu es mon flirt... Qu'est-ce que je vais entendre ! Ce que je suis contente...

— Et moi, je ne reviendrai jamais plus te chercher si c'est pour entendre des idioties pareilles.

L'âge des jeunes amours... On ne leur en conte pas ! Et ce ne sont pas les gamins de seize ans rôdant autour du collège qui vont les séduire ! Même avec une Yamaha qui pétarade sans pour cela dépasser les cent à l'heure.

— C'est mon père ! ! !

Écarlate de fierté et de fureur...

— Ben ça lui coûterait pas cher !

— Tiens, rien qu'une balade dans sa Porsche...

— Mais puisque je vous dis que c'est mon père : c'est pas de ma faute si à quarante-deux ans il en paraît trente-cinq !

— Et ta mère ? On ne la voit jamais. Pourquoi elle ne vient pas avec lui ?

Rires qu'on ne retrouvera plus jamais... Chuchotements, taquineries et, déjà, jalousie. C'est la première année d'Alice à l'institut « chic » de Palma. Elle est la « nouvelle », la « bleue » que l'on connaît d'autant plus mal qu'elle est française quoiqu'elle parle espagnol sans accent. Il faut la mener jusqu'aux larmes et aux crises de fureur pour qu'elle devienne une « ancienne » qui, à son tour, participera aux jeux des grandes.

Ainsi, cruellement et obligatoirement, apprend-on la vie, celle qui n'est plus un jeu mais la réalité.

Tels font les petits des bêtes... dépecer une biche et la lécher est un jeu avant de devenir le principe de vie : celui qui permettra aux prédateurs d'être les prédateurs d'autres prédateurs ! Ils n'en seront pas reconnaissants pour autant aux aînés qui les ont enseignés et, jeunes loups, commenceront par tuer les anciens pour prendre leur place.

— ... mère...

Immobile, au centre de la ronde, Alice a fermé son sourire et dit lentement :

— Ma mère (jamais elle ne dira maman) nous a... est morte quand j'avais huit ans.

Mensonge ? Sylvie n'est-elle pas morte pour elle et Pa ?

La ronde s'est arrêtée. Le respect dû à l'orpheline. On voudrait s'excuser, mais on ne sait pas comment s'y prendre.

Ce n'est pas désagréable de se montrer avec une grande fille dont les quinze ans en paraissent seize. Ce n'est pas désagréable de voir les regards jaloux puis étonnés, rieurs : « Votre fille, mais elle est splendide, une beauté. »

— Pa, toutes les filles du lycée sont amoureuses de toi. Ce que je m'amuse ! Tu as plus de succès que Schwarzenegger. D'ailleurs, je les comprends ! Si tu n'étais pas mon Pa, je serais la plus fan de tes fans ! Et toi, si je n'étais pas ta fille, tu crois que tu pourrais tomber amoureux de moi ?

— Non ! J'aime les femmes ; pas les gamines stupides montées en graine. D'ailleurs, à ce propos, tu ferais bien de grossir.

— Ah bon !... en attendant qu'est-ce que je les fais râler au lycée ! Mon goéland, sur le rocher, là, regarde... C'est pas pour toi qu'il vient, c'est pour moi !

Précieuse vie de tous les jours.

Complot qui les réunit dans la cuisine toutes les trois : Menga, définitivement adoptée bien que Carmencita compte tous les soirs l'argenterie — « avec ces gitans... » —, Sous le haut commandement d'Alice.

— Il va y avoir l'inauguration officielle avec les flonflons, les tralalas et les officiels. Je mettrai ma robe blanche, celle qui fait jeune fille bien convenable.

Carmencita chuchote — elles sont seules à la *casa* — mais un complot...

— Miguel m'a dit ; ne le répétez pas surtout... que *El Rey* enverrait son fils *don* Felipe, pour le représenter.

— Tout ça, dit Alice, prosaïque et tendre, c'est très bien les honneurs et tout... Mais il faut faire une fête en cachette pour Pa :

Alice compte sur ses doigts :

— D'abord, les architectes et les décorateurs, ceux qui ont travaillé vraiment avec Pa... mettre leurs femmes dans le secret, mais en leur faisant jurer de ne rien dire !

Carmencita en prend le plafond de la cuisine à témoin : comme si une femme — sauf elle — pouvait garder un secret !

— Et puis les amis : Maître Castille... *Don* Rodriguez, il se déplacera bien de Madrid ; Jean... À cette époque-là il vient toujours à Majorque et c'est le meilleur ami de Pa.

— Et *doña* Simone...

Elles comptent sur leurs doigts, s'embrouillent, n'ont pas le même nombre de doigts, c'est sûr, les unes que les autres.

Et, arrivées à peu près au même chiffre, Alice, sous le regard des femmes, se met à rire, tant que les deux autres en font autant sans en savoir le pourquoi.

— William's !

— ?...

— On allait oublier le principal : Guignol. Il faut inviter tous ceux du William's sinon ce ne serait pas une vraie fête.

Elle se tourne vers Menga :

— Sauf ton mari...

Mains sur les hanches, la Suisse hausse la tête.

— Il n'est pas mon mari... La gitane était bonne pour lui faire à manger et recevoir des coups. Je vais le quitter.

XIII

Trois mois, deux mois, un mois... Sur le chantier les chants et les rires accompagnent, avec les derniers coups de marteau, le chef-d'œuvre.

Comme la vie passe vite.

Comme la vie est courte.

Fête en cachette... préparatifs officiels... chuchotements...

Un orage a duré toute la journée, mais il n'a pas plu et les grondements du tonnerre sont comme les premières détonations d'un feu d'artifice.

Alice a été trouver la directrice du collège pour lui demander deux jours de congé exceptionnel, afin de préparer... *Don* Alain est un grand personnage de l'île... *El Rey*... Déjà femme, sachant manier — ce qui est plus difficile que les hommes — les femmes, elle a invité le proviseur à la fête privée.

Les deux jours sont accordés, et même trois s'il le faut ! Sourire maternel qui en camoufle un de fierté. Compter parmi ses élèves... être invitée en amie...

Une semaine... quatre jours... Tout à faire sans que *Don* Alain ne s'aperçoive de rien. Seule la brillance de la mer pourrait les trahir !

Alice fredonne dans la salle de bains une idiotie matraquée par la radio. L'eau de la douche, trop chaude, trop froide, tiède, brûlante... Jamais on n'arrive à l'avoir comme on veut.

Qu'y a-t-il de plus parfait : le corps d'une fille de quinze ans... cette peau dorée et douce, ces hanches que forment un potier divin, cette blondeur des cheveux et ce « nid d'amour » qu'elle effleure d'une main distraite tandis que, de l'autre, elle repousse le rideau de gouttes d'eau afin d'attraper, inaccessible comme d'habitude, le drap de bain.

Alain a ouvert la porte de la salle de bains, la croyant vide.

Un souvenir fulgurant, présent, tel que son image se fait corps : Sylvie sortant de la douche. Riante, ruisselante, il la prend dans ses bras, la porte sur le lit, n'a pas le temps d'y arriver. La moquette est douce à leurs corps.

Déjà, il a refermé la porte : une image enregistrée par l'inconscient, même pas révélée sur mémoire.

Autre chose s'impose réelle, gommant l'autrefois pour laisser la place à la réalité : dans quatre jours l'inauguration officielle ! L'image fulgurante d'un autrefois qui n'a pas duré un millième de seconde, oubliée, corps et esprit. Dans quatre jours tout sera-t-il fini ?

Il n'a pas vu le geste inconsciemment pudique d'Alice. Ramenant des deux bras, sur elle, l'eau de la douche, comme une serviette. A-t-il même vu Alice ?

— Pa...

Toutes les pensées folles de la pudeur d'une enfant : les pensées, miroir trouble des siennes ? Les fantasmes de la sexualité qui s'éveille chez une enfant-femme. Sans vulgarité, sans impudeur, sans compréhension, ni frisson à fleur de corps. Ne serait-elle pas troublée si elle voyait, nu, son père ?

Sa conscience se rebiffe.

Son inconscience s'inquiète de ce que la pureté de l'imagination peut créer.

Elle se sent coupable de ne pouvoir oublier ce qu'Alain n'a même pas à oublier.

— Carmencita, je vais nager.

La mer, la mer seule peut la laver de cette impureté qu'elle craint pour son père et qui est, peut-être, la crainte reflétée à l'envers, d'une peur qu'elle ne peut s'avouer car elle l'ignore.

XIV

Le cri s'allonge, s'étire jusqu'au-delà des rochers. Au loin, de plus en plus loin, dans la mer, entendu seulement par les marins dont elle est le sépulcre.

Se reflétant dans le ciel en le cri aigu des goélands. Le lugubre hurlement des pleureuses.

XV

Deux motards à leur vitesse maximum faisant se ranger précipitamment, comme devant un cortège royal, les quelques hommes et femmes qui flânent dans les villages. Mais c'est une ambulance qu'ils précèdent. Une ambulance dont, sans interruption, la sirène clame : « Place, place... je suis la mort. »

La mort a bien le temps puisqu'elle a toute l'éternité devant elle.

Mais implacables et ignares les stridentes sirènes ne cessent leurs clameurs qui font se reculer respectueusement les vivants.

Puis brutalement s'arrêtent et ce silence soudain est insoutenable.

XVI

— Arrête-moi là, Jack, je vais revenir par le bord de mer. Je veux choisir dans les rochers les endroits pour le feu d'artifice. Et puis où il faut placer les barbecues ? William a été gentil de fermer son bar afin de venir lui-même s'en occuper.

— De toute manière il n'aurait eu aucun client puisque nous serons là... il t'a demandé cher ?

— Non, c'est raisonnable : il s'occupe de tout avec deux copains qui lui serviront d'aides. Les gambas, il ira les acheter sur le port même, à l'arrivée du bateau... Carmencita fera les cochons de lait dans le four majorquin. Elle sait les cuire comme personne. C'est Magdalena qui le lui a appris.

Il grommelle :

— Tu as dépensé une fortune.

Le rire si heureux :

— Je mets de côté tout mon argent de poche depuis plus d'un an. Tu veux bien aller porter tout ce que j'ai acheté à Carmencita...

Marche Alice le long des rochers, frontière naturelle de la Casa. Les feux d'artifice partiront de la petite île. Toute proche puisqu'elle y va en nageant... mais assez éloignée pour que les fusées aient un recul suffisant... et les feux de Bengale habilleront la mer de toutes les couleurs. Là, à gauche, il y a de grands rochers comme d'énormes galets frangés d'écume où William pourra installer ses barbecues. Assez loin pour que l'odeur n'incommode pas les invités. Elle voit, dans la nuit, leurs grandes flammes, préliminaires des charbons rouges, et qui seront comme le prélude aux feux d'artifice.

Sur la terrasse qui descend jusqu'à la mer, les tables pour les invités, et, partout, des bougies. Elle en a rapporté au moins cent. Oh ! pourvu qu'il n'y ait pas de vent.

La lune se lève, ronde comme un ballon d'enfant, et aussi lumineuse qu'elle le peut... Elle aussi participera à la fête, oui. C'est sûr !

Alice remonte vers la maison en chantonnant. Que mettra-t-elle pour cette soirée unique... car même s'il y en a d'autres, jamais, jamais elles ne seront comme celle-là : la première pour fêter la première création de Pa !

Son ensemble de soie vert avec le pantalon bouffant. Pa le lui a offert pour son dernier anniversaire et c'est Mamie qui l'a apporté de Paris. Et un très long sautoir de jade, terriblement rétro, tout ce que j'ai de cette Grany que je n'ai pas connue.

Jamais, non, jamais, elle ne s'est sentie aussi heureuse.

Elle a invité aussi Magdalena et Felipe. Ce sont des paysans et beaucoup de ceux qui seront là « *oh shocking* »... mais ce sont des amis de Pa et ils nous ont invités au mariage de Carmencita qui, pour eux, a été la plus grande fête de leur vie ; comme pour moi et Pa celle-ci !

Faisant durer le plaisir des préparatifs, elle va lentement vers la maison « sa » maison : la Casa d'Alice. C'est Pa qui l'a fait construire pour moi, quand Ma a été enceinte, pour que j'y naisse.

Tout est douceur et bonheur et tendresse autour d'elle.

Pa !

Et Carmencita qui descend en courant — qu'a-t-elle de si important à lui dire pour aller aussi vite, aussi vite, aussi vite...

La voilà en face d'Alice. Son visage est couvert de larmes et les sanglots étouffent la phrase qu'elle tâche de dire, qu'Alice ne comprend pas, ne veut pas comprendre.

L'impossible vérité.

— *Don* Alain... *Don* Alain...

XVII

Les flammes des barbecues montent haut, se hissant vers l'arc-en-ciel des feux d'artifice auxquels elles se mêlent, faisant du ciel un infernal brasier.

Les fous rires des invités ressemblent à des sanglots. Tous les guignols sont là qui dansent une ronde macabre devant un public muet. En gros plan le visage ahuri de Jack répétant, hébété : il faut... il faut... il... Puis celui de Hans, il prend les mains d'Alice dans les siennes :

— Sois courageuse.

Les barbecues se sont éteints. Le ciel est si profondément noir que c'est un trou gigantesque où glisse sans fin Alice.

Un inconnu brandit une seringue.

— Je vais lui refaire une piqûre calmante. Elle ne supporte pas le choc.

— Pa... je veux.

Les larmes coulent comme une pluie paisible sur son visage figé.

Mamie est là, près d'Alice, essuyant de sa douce main les pleurs intarissables.

Alice dit : une voix si basse que le bruit de la mer la couvre.

— Mamie, ce n'est pas vrai ? Pa n'est...

Elle ne dit pas le mot redoutable. Le mot qui clôt la vie.

Le visage égaré de ceux qui sortent d'un cauchemar...

— Comment es-tu là ? Tu dois être à Paris...

Mamie a une sorte de grognement ; un sanglot étouffé.

— Hans m'a télégraphié. Ainsi, j'ai pu prendre le premier avion ; je suis arrivée ce matin, il y a à peine une heure. Tu dormais...

— Pa...

Le silence de l'éternel silence.

Les pleurs s'arrêtent, il n'y a plus de pleurs possibles... Tout est au-delà... Alice dit, et c'est une vérité indiscutable.

— C'est de ma faute...

— Voyons, comment ce pourrait être de ta faute ? Tu étais à Palma avec Jack pour organiser...

Le courage qu'il faut à Mamie pour retenir son chagrin lui coupe la parole. Sa petite-fille exige :

— Comment... comment ?

— Son auto a été percutée par une autre voiture — un fou ! — alors que ton père arrivait au chantier.

— Il conduit trop bien, c'est impossible !

« Impossible » cela veut bien dire IMPOSSIBLE.

— Mais Alain n'était pas responsable, chérie...

— C'est bien ce que je dis : c'est de ma faute !

— Quoi ?

Alice se tait. Obstinément.

Les phrases de consolation de Mamie lui arrivent comme un marmonnement sans intérêt.

Ce matin... dans la douche. Pa... il referme immédiatement la porte. Mais il l'a vue. A-t-il oublié pendant cette seconde qu'elle était sa fille — il a oublié ! — pour ne voir que ce corps...

Avoir le désir de ce corps de femme-enfant ?

Elle ne se trompe pas, et pourtant se trompe totalement.

— Pa...

C'est si pur entre eux.

Mais il était hanté par le remords de cette seconde, elle en est certaine... Alors il a perdu le contrôle de sa voiture !

Et comment lui faire admettre la banale vérité ? L'autre voiture, la mort au volant... L'ultime rendez-vous prévu de toute vie.

Enfouie au plus profond d'elle-même, cette fausse certitude. Elle ne la confiera jamais... finira par la remplacer par d'autres pour se la cacher à elle-même. Qu'importe son erreur ? Elle vit avec cette horreur en elle dont elle se sent irrémédiablement responsable...

Et qui n'a jamais existé.

La place est ronde. En son centre un grand palmier. Rien d'autre. Seulement cette multitude de vivants qui escorte un mort.

Le ciel est d'un bleu tellement gai qu'il en semble moqueur. Qu'est-ce qu'un mort ? Riche, pauvre, heureux, malheureux, puissant, célèbre, inconnu ? *Nada !* Il fut...

Les grandes grilles du minuscule cimetière toujours cadenassées — a-t-on peur qu'on vienne voler les lourdes tombes de pierre, toutes surmontées d'un grand christ, ou que les morts s'enfuient — se sont ouvertes pour laisser passer celui qui vient se joindre à cette population d'ombres et de souvenirs.

Alice entre tout de suite après Pa. Elle est en blanc. Les Hindous portent le deuil en blanc et c'est en blanc que Pa la préfère...

Personne à ses côtés.

Seule avec Pa pour la dernière fois.

Mamie un peu en arrière, avec Hans. Puis tous ceux qui ont travaillé pour Alain : architectes, maîtres d'œuvre, ouvriers et les amis.

Ceux de William's, bouleversés. Ils aimaient bien Alain, et sa légende, grâce à eux, commence à se conter.

Mais Alice n'en voit aucun.

Si isolée, si solitaire au milieu de ces morts et de ces vivants qu'aucun de ceux-ci n'a osé venir vers elle. Ils sont partis, sans bruits, sans paroles échangées ; les plus intimes saluent Mamie. Un imperceptible mouvement de tête vers Alice et sa grand-mère fait signe : « Non, laissez-la. »

Seule Magdalena, toute en noir, a franchi le cercle interdit, a pris Alice dans ses bras et, sans rien dire, l'a longuement embrassée.

XVIII

Somnifères, piqûres, antidépressifs. Alice émerge d'un cauchemar auquel elle ne croit pas. A côté d'elle, d'un côté Mamie, de l'autre Carmencita, une tasse dans ses mains tremblantes.

— J'ai rêvé...

Non. Pa est mort. Elle le sait. Essaie de le nier.

Mamie s'est assise sur le rebord du lit, passe sa main — une main si maternelle — sur le front d'Alice. Volontairement ne répond pas. À quoi servirait sa réponse ?

— Cela fait trois jours que tu n'as rien pris. Il faut au moins que tu boives...

Le jeune visage s'est crispé, durci, révolté.

— Je ne veux rien...

Carmencita tend la tasse.

— Du thé. Celui que tu aimes, au jasmin...

Alice le repousse.

— Il le faut.

La voix de Mamie ordonne.

Alice prend la tasse, boit une gorgée, la rejette.

— Ça ne passe pas. Comme si ma gorge était bouchée. Je ne le fais pas exprès, Mamie, il ne faut pas m'en vouloir.

Elle a sa voix d'enfant lorsqu'elle demandait pardon.

— Je veux dormir, laissez-moi dormir.

— Non, après. Tu dois d'abord manger et surtout boire. Le médecin a été formel. Tu n'auras droit à aucun calmant tant que tu n'auras pas absorbé un aliment, sinon...

— J'irai rejoindre Pa...

Une voix tranquille... un sourire presque d'un bonheur retrouvé.

— On ne s'est jamais quittés.

Mamie dit (cette dureté du chagrin) :

— Une gorgée d'eau. Je le veux ou je pars.

— Oh non, Mamie. Reste au moins jusque...

Jusqu'où ?

Elle est arrivée, pour Mamie, à avaler la valeur d'une cuillère à soupe d'eau.

Le jour de la fête... Comme si le chantier terminé, on n'avait plus besoin de lui ! A Palma, avec Jack, les feux d'artifice... Il les trouvait trop chers...

C'est moi qui aurait dû mourir. Pas lui... Je ne sers à rien. C'est de ma faute...

J'ai tué Pa...

Il faut que j'aille le rejoindre. Lui demander pardon.

— Elle s'est endormie, *doña* Mamie. Ne la réveillez pas.

— Il faut qu'elle boive, Carmencita. Il le faut.

— Elle veut aller retrouver *don* Alain, *señora*...

Une gorgée d'eau à demi rejetée...

Non. Je ne dors pas. Je pense à Pa...

Les derniers jours avant que Ma ait disparu... Ça commençait au dîner par des phrases que je ne comprenais pas, mais mon cœur battait fort. Ma se levait et partait en claquant la porte, je restais seule avec Pa.

99

« *Mange Chérie-Alice.* » *Je mangeais pour lui faire plaisir.*

Et ce soir-là, avec Hans et Isabelle, c'était pareil en mille fois plus fort.

J'embrouille tout. C'était mes huit ans qu'on allait me souhaiter quand j'ai entendu... non... quand Pa et Ma m'ont emmenée chez William pour mon anniversaire, Mère m'a dit : « Huit ans c'est l'âge de raison » et j'ai fait une colère... Je tapais des poings et des pieds... j'étais près de la petite table et je criais « je ne veux pas avoir l'âge de raison ! je ne veux pas ». Oui, j'avais huit ans...

Est-ce que j'ai eu vraiment de la peine quand Ma est partie ? Je n'avais plus peur qu'elle se dispute avec Pa... Ça passait avant tout. Ne plus avoir cette boule dans la gorge...

Et puis je pouvais faire tout ce que je voulais.

Les crabes sur les roches. La mer...

Je voudrais être, je suis sur le voilier. Les vagues chahutent, dit Pa. Il rit joyeux. Tu n'as pas le mal de mer ? Il faut enrouler le foc... Tire sur le bout mais non, pas le bleu, le blanc et rouge. Qui m'a foutu un mousse pareil ! Tu veux qu'on rentre au port ?

— Oh non... je m'amuse trop. Regarde, on gîte tellement que les voiles touchent la mer.

— Je redresse. On va quand même rentrer au port. Il y a une tempête qui se prépare...

— Pa !

— Oui, chérie...

— Pa est parti, n'est-ce pas ?...

Il est mort, *señorita*. Il faut que vous le compreniez et l'admettiez.

La voix est médicale, brève et dure ; un peu enrouée sur la fin de la phrase. C'est un vieux médecin majorquin qui soigne Alice — maladies d'enfant — depuis qu'elle est née.

Dressée sur son lit qu'elle ne veut plus quitter, auquel elle se cramponne, Alice cherche du regard le hublot par lequel elle voit la mer, le hublot conçu par Pa.

Et elle hurle !

— Ce n'est pas vrai ! Vous êtes des menteurs, tous.

Le médecin s'est tourné vers Carmencita.

— Apportez-moi la balance que je la pèse.

Avec une vigueur insoupçonnée chez cet homme de près de quatre-vingts ans, il a soulevé Alice dans ses bras, l'a posée sur la balance.

— En cinq jours (il y a cinq jours... Pa est encore là, je prépare la fête), tu as perdu deux kilos !

Il l'a reprise dans ses bras, la couche.

— Tu cherches quoi, à te laisser mourir ? *Don* Alain n'aurait pas voulu cela. Tu dois encore lui obéir.

Elle incline la tête. Un souffle : « oui ».

— Ce soir, tu mangeras. Tu me le promets ?

Mamie l'a fait manger comme un bébé, bouchée par bouchée, une crème au caramel, la seule chose qu'elle accepte mais c'est déjà un espoir.

— *Señora,* la petite a tout vomi !

Pour Carmencita, Alice sera toujours « la petite ».

Dehlia, Pa. Il ne l'a pas épousée à cause de moi. Mais elle aussi, comme mère, aimait trop Pa. J'étais jalouse. Je voulais Pa pour moi toute seule. Non, ce n'est pas vrai ! J'aurais accepté Dehlia. Je m'entendais bien avec elle... ses objets précolombiens... Uepo... le grand figuier... s'il n'y avait pas eu mère avant.

J'avais peur de toutes les femmes que Pa aurait pu épouser, maintenant qu'il était divorcé. Peur qu'il les

*aime plus que moi, peur qu'elles me séparent de lui,
qu'elles soient jalouses de moi. Qu'elles me le volent.
mère... oh ! si je n'avais pas trouvé cette lettre. Si elle ne
l'avait pas écrite... Si je ne l'avais pas lue !*

— Elle a encore perdu un kilo, et puis cette apa-
thie... Je ne sais plus que faire, docteur.
— Sa mère ? Elle est prévenue ? Peut-elle... Elle...
elle va la reprendre.

Il regarde, indécis, Mamie. Et, subitement, parce-
qu'il l'observe, il la VOIT : Comment peut-il y avoir
autant de désespoir et.. et presque de... haine, dans ces
yeux. Rien n'échappe au vieux médecin. Il en a tellement vu, entendu. Mais pas cela, pas l'amertume et le
découragement de cette voix.

— Ma fille... encore faudrait-il que je sache où la
joindre. Sans importance ! Je ne pense pas qu'elle ait
plus envie de reprendre sa fille qu'Alice n'ait envie de
la revoir.

Il lève un sourcil — en apparence — étonné. L'île
n'est pas si grande... et les bruits en font vivement le
tour.

— C'est — ce serait — son devoir.

Il hoche la tête en vieux magot chinois, mais sans
leur sagesse. Plutôt dubitatif.

— Dans ce cas... Seulement, si cette enfant continue à ne pas manger, j'ai peur qu'elle ne devienne
anorexique.

— Alors ?

*Je ne veux pas manger, je ne veux pas me lever. Je
veux rester dans mon lit, dans mon sommeil. Mamie
me torture avec ses « il faut ». Je ne veux pas sortir de
ma chambre. C'est Pa qui l'a faite pour moi. Je veux y
rester. Ce n'est plus ma Mamie d'autrefois. Elle me*

prend dans ses bras, mais c'est pour me forcer à... Elle
se met en colère. Elle me dit...
Non, je suis injuste. C'est parce qu'elle m'aime.
J'ai vu les larmes dans ses yeux quand je lui ai dit non
et que j'ai repoussé si violemment le plateau qu'elle
tenait qu'il est tombé par terre. Tout s'est cassé et j'en
étais contente. C'est moi qui devient méchante...
Sur le voilier le brusque coup de vent. On était sur la
plage arrière, une vague est passée par-dessus et nous a
volé notre déjeuner pour les poissons. Ce que Pa et moi
nous avons ri !
Je veux qu'il me prenne dans ses bras, qu'il me dise
Chérie Alice.
J'ai peur de sa...
Il est comment maintenant...
C'est terrible cette image que je renie et qui m'épou-
vante...

Personne ne l'a entendu mais Alice a hurlé quand
elle a vu descendre le cercueil vers la terre. Un hurlement dans sa tête, d'autant plus terrifiant qu'elle ne
pourra pas l'expulser. Et c'est ce hurlement qui
l'étouffe, qui l'empêche d'avaler quoi que ce soit...

Je n'y mets pas de mauvaise volonté...
Je ne le fais pas exprès. Mamie je ne peux pas te
parler. Les mots restent à l'intérieur de moi.

Ce linceul glacé qui l'entoure enserrant son corps
aussi étroitement que dans des bandelettes... Elle est
devenue momie. Elle est dans le cercueil. Pour qu'il
vive, elle a pris la place de Pa...
— Pa... je veux Pa.
Le CRI.
Il a traversé toute la maison, a effacé le bruit de la

mer, a éveillé Mamie et Carmencita qui se précipitent. Même Miguel, resté à la porte, n'osant entrer, n'a pas pu, lui non plus, résister à ce cri.

Elle est assise dans son lit, droite, les yeux ouverts, immenses, sur l'infini et ne voyant rien.

Mamie prend dans ses bras ce corps rigide nommé Alice. Carmencita essaie de dérouler le drap qui l'enserre, l'immobilise dans son cauchemar.

De sa voix apaisante, Mamie murmure les mots qu'on emploie pour les bébés, proies d'un mauvais rêve. Il faut refaire surgir à la vie Alice, l'arracher à ce néant où elle a glissé. Doucement, lentement, la faire revenir, du seuil de la mort, à la vie.

À gestes doux, Carmencita a déroulé le drap-suaire. À mots doux, Mamie éveille Alice. Ses paupières se sont refermées puis réouvertes sur un regard étonné.

— Mamie...

— Je suis là, ma chérie.

— Mamie qu'est-ce que... Où je suis ? J'ai peur, j'ai froid. Pas comme dans la vie...

Carmencita remonte les couvertures.

Les fenêtres-hublots cadrent une aube grise. Miguel, sur un mot de Carmencita, va chercher un matelas.

— Mamie, reste près de moi s'il te plaît.

— C'est fait, chérie. Tu vas dormir et moi, je suis couchée là, tout près de toi... tends la main. Tu me sens.

La main se glisse dans l'autre main...

Mamie ne dit rien ; elle pense à sa fille qu'elle a adorée et à qui elle ne peut pardonner.

Pourquoi n'a-t-elle pas avorté ? C'est pire de tuer sa fille à quinze ans que de détruire un fœtus !

Si elle était là, si Alice l'avait à côté d'elle, l'enfant aurait résisté... Elles auraient pleuré dans les bras l'une de l'autre. Un chagrin immense et normal. Mais

Alain était devenu Pama comme disait Alice. Ce sont les deux qu'elle perd avec lui.

Alice ne dort pas...

Elle pense à cette mère qui l'a abandonnée, par jalousie ?...

Mais comment être jaloux d'un bébé, de son bébé... jalouse de l'embryon dans son ventre ? Pourquoi ne m'a-t-elle pas tuée alors ?...

Je n'existerais pas. Je me souviens mal d'elle...

Huit, neuf, dix, onze, douze, treize, quatorze, quinze... huit ans déjà. Son visage... Si flou ; je n'arrive plus à discerner ses traits, ses longs cheveux oui, pas blond argent comme ceux de Dehlia, blonds comme les miens, dit Pa.

Quelque chose naît en elle, indistinct. Le reflet d'une réalité encore incompréhensible.

XIX

— Monte sur la balance. Tu vois, tu n'en as même pas la force.

Le docteur la tutoie comme lorsqu'elle avait cinq ans et qu'il la soignait pour une rougeole.

— Trois kilos... tu te rends compte ?... *Señora,* qu'est-ce qu'elle mange ? ou plutôt qu'est-ce qu'elle ne mange pas !

Mamie, elle, a pris dix ans d'âge...

— Un peu d'eau, un peu de lait, un yaourt qu'elle rejette le plus souvent...

— Recouche-toi.

Et, à mi-voix :

— Venez, *señora,* il faut que je vous parle.

— Il ne faut pas la laisser ici où tout et tous lui rappellent *don* Alain. Pouvez-vous l'emmener avec vous, en France ? Chez vous. Qu'elle ne se sente quand même pas abandonnée. Je crois que vous habitez Paris ?

— Chantilly. A côté, une grande maison.

— C'est parfait.

Un silence.

— Vous êtes sa seule famille maintenant.

Exprès, il ne parle plus de Sylvie. Il soupire. Un sourire d'homme sans illusions.

— Et moi, je suis un vieux bonhomme tout juste bon à soigner une grippe. Pas la petite, dans l'état où elle est.

106

Pour lui, comme pour Carmencita, Alice sera toujours « la petite ».

— Mais je voudrais vous mettre en garde : un autre médecin, plus moderne, vous dirait qu'il faut l'hospitaliser. J'ai lu, dans des revues médicales, des articles là-dessus. Ils ont sûrement raison. Mais, elle, ce n'est pas un cas... normal, si je puis dire. Vous n'auriez pas le droit d'aller la voir pendant tout le traitement. Et il peut durer plusieurs mois. Le supporterait-elle ? Je...

Il a été interrompu par un gémissement. Sans bruit, Alice est venue les écouter. En chemise de nuit, sa pâleur colorée par le rouge de la colère.

— Pa est... et on me séparerait de Mamie. Jamais, jamais, je veux rester avec elle. Je ferai tout ce qu'on voudra, je mangerai, j'irai en France avec toi, Mamie, mais ne me quitte pas !

— Je te le jure, ma chérie.

Il s'en veut, le vieil homme, de ne rien pouvoir pour cette enfant qu'il aime. Son devoir est de l'envoyer à un confrère compétent... A-t-il raison en déconseillant l'hôpital ? Il a lu que chez les jeunes filles (ce sont presque toujours des filles) l'anorexie est causée généralement par un remords faux ou réel.. Ce n'est pas le cas d'Alice !

La mort, comme l'enfer, est pavée de bonnes intentions.

— Bien, Mamie, je partirai avec toi.. quand tu voudras...

Cette acceptation de la fatalité est presque plus angoissante qu'un refus.

— Dis, moi... pour aller à l'avion, on me mettra dans une ambulance... comme Pa ?

Une heure du matin. Rassurée, presque optimiste, Mamie est allée se coucher dans sa chambre pour se lever tôt et préparer tout. L'avion est à midi.

Alice ne dort pas. Faisait semblant quand Mamie est venue l'embrasser.

Elle s'est assise sur son lit. Arrive, à pas menus, à se lever. La chambre autour d'elle tourne comme le manège de chevaux de bois où Sylvie, un jour d'exception, l'avait laissée monter. Puis, peu à peu, la gigue de meubles ralentit, s'arrête, s'immobilise.

Alice fait un demi-pas ; le plancher tangue comme sur un bateau. Elle titube, se rattrape à une chaise, rattrape son cœur qui veut sauter hors de sa poitrine. Mouvements si légers... gestes si maladroits... avançant quand même, de meuble en meuble, s'y accrochant, elle est parvenue jusqu'à la porte. L'ouvre, s'immobilise : que personne ne l'entende.

Le salon. Ses yeux en font le tour. Elle pleure et croit sourire. Va vers le fauteuil préféré de Pa. S'y asseoir ! Elle est tellement fatiguée. Non, ce serait un sacrilège. Le regarde, fait le geste de le caresser, s'arrête.

Elle se blottit dans le sien, à elle Alice, où elle va toujours avec un livre pour faire semblant d'étudier ses leçons. Combien de temps y est-elle restée ? Cinq minutes, une heure ?

Se relève. Ne regarde plus rien. Sort.

Fantôme si léger que la nuit elle-même ne la voit pas.

La chambre de Dehlia... Elle est repartie pour le Chili. Pinochet a accordé sa grâce aux femmes des archéologues et autres révolutionnaires.

Est-ce un regret, ce soupir d'Alice ? Un remords ? Un « si Pa... ».

Elle hante — vit-elle encore ? — les autres pièces.

Il reste le plus difficile. Mais elle le VEUT, plus que tout.

La terrasse... arriver jusqu'aux premiers rochers.

Elle s'y arrête, s'allonge sur ce lit dur où chante l'âme de la mer. N'a pas la force d'aller jusqu'au

rocher du goéland. D'ailleurs, il dort à cette heure-ci.
Où ? Il ne venait que pour Alice !

La mer lui lèche les pieds.

Elle se réveille, flotte jusqu'à sa chambre...

Le gros chat noir, quand il a su qu'il allait mourir,
était allé revoir, une dernière fois, tous les endroits où
il avait vécu.

XX

Mamie

— Elle est belle ta maison, Mamie. Comme toi. Elle
te ressemble.

Le jardin descend en pente verte jusqu'à un petit
ruisseau bordé de peupliers. Un calme apaisant. C'est
le contraire de la Casa d'Alice mais il s'en dégage le
même amour.

Alice le voit du salon : une grande pièce où le soleil
joue à cache-cache avec les meubles selon les heures
du jour. Ici sur la commode. Là, au pied du divan sur
lequel elle est allongée.

— Tu ne vas pas te coucher maintenant, a dit
Mamie. Au lit dans la journée on se sent tout de suite
malade...

Sans heurt de cœur, sans refus, sans s'en apercevoir,
Alice avait glissé de la vie dans le sommeil. Mamie a
fermé la porte avec une lente douceur afin ne pas
l'éveiller, mais, autrement, Alice ne l'aurait pas plus
entendue. Elle dort, en quiétude. La première fois
depuis la mort d'Alain. Pour un bref moment. Mais de
brefs moments en brefs moments passe le temps.

Les heures oubliées par Alice endormie, longues, si
longuement lentes pour Mamie... Et puis il est sept
heures du soir. Elle oscille, angoissée, entre le désir

de voir Alice éveillée, de « savoir », et la peur de retrouver cette enfant-zombie.

On ne dîne pas en France comme en Espagne : Sans le vouloir Denise l'a rappelé à « Madame ». Depuis vingt ans qu'elle est chez « Madame », Denise lui parle en toute familiarité à la troisième personne.

— Le dîner va être prêt, il faut que Madame aille réveiller la petite.

Pour elle aussi, Alice sera toujours « la petite ».

Sous ce regard de tendresse, de tristesse informulée, Alice a ouvert les yeux. Un sourire léger sur ses lèvres, le premier depuis la mort d'Alain. Ce sourire, sait-elle au juste à qui il s'adresse : Un mort ? Mamie ? La vie ?

— Chérie, pour notre premier soir en France, peux-tu faire un effort : Denise nous a préparé un petit dîner : ce que tu aimes. Veux-tu venir dans la salle à manger et que nous le prenions ensemble ?

Le sourire déjà s'est effacé.

— J'en serais si heureuse.

Mamie, Ma... Alice l'aime autant qu'elle en est capable. Lui faire plaisir :

— Je vais essayer. Tu me tiendras pour que je ne trébuche pas en marchant.

— Oh Mamie !

Il y a des bougies sur la table, des fleurs, des plats, si joliment préparés qu'ils ne font pas penser à de la nourriture.

Alice sanglote sur l'épaule de Mamie. Sanglote. Enfin !

Un sourire. Une larme : tout l'espoir de Mamie.

Alice a pris une bouchée, même deux, de chaque plat !

— Dis-moi, ma chambre, c'est celle de ma mère ?

— Oui, je n'aurais peut-être pas dû te la donner, mais si cela t'ennuie je peux t'installer dans une autre.

Mamie a un peu rougi, consciente. Elle s'est donné pour excuse que cette pièce, au premier étage de la maison, est la plus agréable, la plus gaie, donnant sur le jardin. Et puis sa chambre, à elle, est juste en face de celle — qui est maintenant — d'Alice.

La nuit, en laissant les deux portes ouvertes... elle a un sommeil si léger que le moindre mouvement anormal la réveillerait.

La vérité : Avoir à nouveau tout près d'elle sa fille Sylvie-Alice... Alice !

— Non, pourquoi ? Elle me plaît bien. Ma mère petite fille...

Alice a dit « petite fille » car ainsi ce n'est pas Sylvie-mère. Elle exorcise la pièce.

— C'est drôle. Tu ne trouves pas ? Elle ne pensait pas qu'un jour une autre l'habiterait qui serait sa fille à elle.

La première nuit qu'Alice passe chez Mamie. Elle écoute : le bruit habituel de la mer battant les rochers résonne en souvenirs. Elle en est si loin. Le cri d'un oiseau de nuit, le vent léger agitant les feuillages, l'aboi d'un chien... c'est tout.

Mamie dort, (presque) tranquille, à quelques mètres d'Alice. Elle est entrée dans sa chambre avant de se coucher et les yeux clos, le souffle régulier l'ont confortée dans sa croyance qu' « elle » lui réapprendrait à vivre. Oubliant que les paupières peuvent être baissées sur de noires pensées ; les larmes retenues, plus fortes, plus déchirantes que les sanglots et les cris.

Voici donc Alice, seule avec ses fantômes qui ont surgi dans « la chambre de Sylvie ». Jamais elle ne la nommera autrement dans sa tête.

Par vagues, l'une recouvrant l'autre, le désespoir revient. Mais tristesse, peine, chagrin, ne veulent plus rien dire. Leur a succédé, bien plus fort, tellement au-delà : le REMORDS.

Il ne faut pas que Pa soit mort par sa faute à lui. Quelqu'un l'a tué. Ce quelqu'un ne peut être qu'Alice... La douche... Dehlia... Sylvie.

Tout cela ne fait plus qu'un pour elle :

Le remords d'être.

Alice crée la vie de Sylvie et d'Alain, sans elle, dans l'île. Ce ne sont plus Pa et Ma. Des amoureux. Ils sont heureux. Alice essaie de les imaginer, n'y parvient pas : c'est toujours elle et Pa qu'elle voit.

Ces immenses yeux. Ce regard tourné vers... vers quoi... quelque chose d'indéfinissable que, même à Mamie, elle ne peut, elle ne veut révéler. Le sait-elle elle-même, exactement ?

Négation de tout, si peu que ce soit, rien ne la rattachant — même par le fil le plus ténu — à la vie. Un couloir sans fin, sans lumière et pourtant il n'y fait pas noir. Incolore. C'est presque pire. Il n'y a personne d'autre qu'Alice qui y flotte. Silencieuse.

Médecin. Très bien, très « seizième ». Ne se déplaçant qu'exceptionnellement, sur recommandation... et pas n'importe laquelle.

Il est habitué aux crises de nerfs, aux « malaises » des jeunes filles. Oui, le cas de celle-ci est différent. Elle a perdu son père... il y a quinze jours ? Trois semaines ? Et sa mère ? Ah ! Un très grand chagrin — compréhensible ! — d'enfant. Sûrement très gâté. Antidépressifs, calmants, fortifiants.

Bénédiction médicale.

Pas d'inquiétude... une anorexie ! Légère. Elle a perdu trois kilos... le chagrin ! C'est naturel.

— Vous dites qu'hier, à son arrivée, elle a un peu mangé. L'appétit va revenir.

Lui aussi ! Au prix de la consultation...

Denise a remplacé Carmencita.

Elle est normande, rebondie et aime bien Mademoiselle. Madame lui en a si souvent parlé ! Elle va lui faire de bons petits plats pour qu'elle retrouve son appétit et qu'elle grossisse. Une jolie fille comme elle, ça doit être en chair !

— Oui, Denise. Merci, Denise.

— Oui, Mamie, j'obéirai au docteur...

Le long, long couloir résonne de ses paroles, toujours les mêmes : oui... oui... oui...

Un écho qui se prolonge. L'écho redit « oui ». Alice, elle, se tait.

« Les vagues viennent jusqu'à la *casa* : la tempête... »

La lettre de Carmencita, c'est comme si la maison et les rochers et la mer...

— Mamie, je suis fatiguée, tu veux bien finir de me la lire... (c'est plus facile ainsi de retenir ses larmes).

— Elle dit que Dick est passé prendre de tes nouvelles pour tous ceux de... je ne déchiffre pas le mot : Wi... Wi.

— William's, mes Fuignols !

La petite place blonde, déserte... à part, au fond, William's.

William qui passe — muet, souriant — le curry, la cerveza, la tarte au citron. Ils arrivent les uns après les

114

autres. « *Hello* » Dick, Harry, Margreth, James...
« *Hello !* ».

Ça peut être gentil, les Guignols...
— Et puis Jack vient tous les matins, presque, à la
casa...
Si Alice savait encore rire.
— ... prendre son verre de *vino tinto* !
— Il ne sait même pas dire « *vino tinto* » depuis vingt
ans qu'il habite l'île. Mais Carmencita sort la bouteille
en le voyant : « *Hello* Carmen ! Alice ? Comment va ? »
— Menga a disparu avec son mari. Ils ont laissé
des dettes partout et Carmencita dit qu'elle a volé de
l'argenterie.
— C'est une gitane... Je l'avais bien dit. Pa ne veut
pas me croire.

Quand à cause d'elle, j'avais cru que...

— Est-ce qu'elle parle de mon goéland ?
— Ton goéland ?
— Oui, celui qui était toujours là à cinq heures. Tu
vois, il ne vient plus, sinon elle le dirait. Il ne venait
que pour moi.
Les souvenirs jaillissent, la faisant s'évader du som-
bre couloir.
— Mamie, tu te souviens... les *tapas* chez Manolo...
Ses Covetes, la plage : Tu nages bien, tu sais... et à La
Rapita, le voilier.
Elle s'est tue d'un seul coup. A fermé les yeux pour
rentrer dans le couloir où on ne voit rien, n'entend
rien.

Mamie-jolie. Mamie-short. Mamie-lifting. Mamie-
rires...

Mamie-qui ne sait plus rire.

Mamie-oreille tendue au moindre bruit.

Mamie dont les cheveux grisonnent. Mamie qui ne croit plus aux médecins. Qui ne croit plus qu'en Elle. L'affection-miracle.

Alice mange ! Dans sa chambre. Même parfois, soutenue par Mamie et Denise, elle descend jusqu'à la salle à manger. On lui monte un plateau avec juste ce qu'elle aime : très peu, elle mange mieux...

— ... quelques bouchées, un verre de lait, oui...

— un début évidemment : Non, ce qui m'inquiète et c'est pourquoi je vous téléphone, elle devrait rester du moins au même poids, elle a encore perdu un kilo...

— Oui, bien sûr... (Nerveusement !) Augmentez de cinq gouttes, dix au besoin. Le principal, c'est qu'elle mange... boive...

— Oui, elle boit ; vous reviendrez ?... Merci infiniment, docteur... J'aimerais bien, le plus vite possible. Je sais, vous êtes débordé et Chantilly... Encore merci... Non. Je ne m'affole pas.

Comme si Mamie était capable de s'affoler !

Elle s'angoisse.

Il y a exactement un mois qu'Alain est mort. Alice a maigri de cinq kilos.

Des voix résonnent dans le sombre couloir. Des mots qu'Alice ne comprend pas... mais elle les devine, pleins de reproches.

Et puis des images, comme dans un film ; non, plusieurs films qui se déroulent à la fois, mélangeant leurs photos.

Si belles parfois : un rocher que recouvre — puis elle se retire — une grande vague brodée de blanc. Dehlia et son sourire.

Si effroyables aussi : les projections de scènes d'un film jamais vu : une voiture qui se jette sur une autre... Alice ne le voit pas mais elle sait que Pa est dans la voiture renversée... un brancard. Un drap blanc qui cache le...

Et puis des visages qui surgissent, disparaissent en même temps. Elle a à peine le temps de les entrevoir. Carmencita, la bouche ouverte pour un cri qu'Alice n'entend pas. Hans : gros plan d'un homme bouleversé. De nouveau la voiture renversée, les roues continuent à tourner.

La mer... Alice flotte sur l'eau calme, peu à peu s'y enfonce et cela devient le liquide tiède, amniotique où vit le fœtus.

Et cette femme dont elle ne voit que les cheveux blonds et le sourire moqueur et qui ne veut pas d'elle dans son ventre.

XXI

C'est une autre Sylvie — qui a son âge — qu'Alice retrouve, le soir, dans « leur » chambre. Les voici confrontées toutes les deux : fille de quinze ans, fille de quinze ans. Dans sa chambre, dans sa chambre. Elles parlent à travers un espace de temps pas tellement lointain.

Interminable monologue-dialogue, qui résonne dans la tête, la bouche d'Alice. À pensées, à voix si basses, qu'elles seules peuvent s'entendre.

— As-tu des enfants ? Où vis-tu ? Je voudrais savoir...

Issue de l'imagination d'Alice, mise au monde par sa fille, Sylvie ne peut se défendre. Alice est juge et partie dans ce procès. Quel verdict rendre ?

— Je n'avais pas de père. Il était mort lorsque j'étais un bébé. C'est maman seule qui m'a élevée. Je rêvais d'un amour exclusif. Comme toutes les filles de mon âge.

— Pas moi.

Elle a dix-huit ans, maintenant, Sylvie.

— J'ai rencontré Alain. Tout de suite j'ai su que c'était lui que j'attendais. Tout de suite j'ai su que c'était lui que j'aimais.

— Il était plus âgé que toi.

— C'était pour cela aussi que je le voulais.

— Vous vous êtes mariés.

— Oui... Nous deux... personne entre nous. Enfin pour moi. Lui, il a voulu, exigé un enfant.

— Toi, tu ne voulais pas. Tu me rejetais avant de me faire.

— Un enfant ! J'étais jalouse de toi qui n'existait pas, dont je ne voulais pas l'existence. Jalouse, comme je l'aurais été d'une autre femme.

Alice pense à la lettre découverte : que de choses révélées qui bourdonnent dans cette chambre.

La défense de Sylvie est une vérité faussée. Aimer c'est faire, c'est vouloir ce que l'autre demande : accepter ses désirs ; qu'ils deviennent les vôtres.

Invisible, Sylvie parle sans un mot.

— Au début, à Majorque, tous les deux... Tu ne peux pas comprendre.

Et toujours quand elle est (elles sont) seule(s) ce leitmotiv du monologue-dialogue : « Un enfant... Moi... j'étais jalouse... jalouse... jalouse. »

*

* *

— Bonjour, Alice. Je suis désolée pour toi, de la mort de ton père.

Phrases froidement classiques, mondaines, qui accompagnent chaque mort : condoléances.

— Tu ne me reconnais pas ? Tu ne reconnais pas TA Mère !

Ton indigné.

Suite à ce dialogue qu'Alice a commencé avec cette Sylvie d'autrefois. Mais aujourd'hui la réalité en a changé le ton. C'est une voix inquiétante de réalité qui résonne, dure. Alice en est sûre, et son cœur s'affole : ce n'est plus une ombre, mais une femme, cadrée dans la porte qu'elle n'a pas encore franchie.

Les paroles prononcées n'ont pas été enregistrées par Alice. Quel mystérieux instinct génétique pourtant fait qu'elle reconnaît l'inconnue ?

Dame légèrement arrondie. Cheveux serrés en chignon sévère d'un blond terne ; bijoux — beaucoup — et manteau de vison qu'elle enlève en entrant d'un pas subitement décidé : « Il fait encore froid au Canada. »

Elle referme la porte derrière elle les enclosant, loin des autres. Mamie... Denise... Comment ? Pourquoi Mamie n'est-elle pas là ?

Les voici : seules toutes les deux dans « leur » chambre comme elles le sont depuis des jours et des jours... Sylvie-image, devenue, fantastiquement, cette femme de chair qui anéantit son invisible double.

Jamais plus Alice ne se rappellera la première Sylvie.

Elles s'examinent : étrangères et déjà, et toujours ennemies.

— Je ne t'aurais pas reconnue. Tu as tellement changé. Plus rien à voir avec cette petite fille de sept ans... Encore au lit ! Tu n'es pas malade, j'espère ?

— Huit ans.

— Oh sept... huit...

Désinvolture : Un an. Si court pour une femme. Si long pour un enfant.

Sylvie se penche vaguement pour un baiser, une caresse, vers Alice.

Qu'elle ne me touche pas... qu'elle ne m'embr...

Non !

Elle s'assied, s'installe dans le fauteuil près du lit. Sourit — sourit poliment à sa fille — comme à une ancienne connaissance retrouvée par hasard.

— Mon mari — ton beau-père — et moi avons décidé de te prendre avec nous. C'est obligatoire. Je suis TA mère. Tu n'as que moi, maintenant que ton père est mort.

Mort. Le mot que refuse Alice.

« Mamie me refuse, me renvoie... »

Un silence.

Alice écoute la voix qui s'est tue. C'est elle seule qu'elle reconnaît. Sèche, comme détachée du corps, existant par elle-même. Celle des mauvais moments d'un autrefois qu'elle avait oublié et qui ressuscite.

La voix reprend :

— Tu as deux frères. Nous vivons à Montréal.

La femme-réalité répondant aux questions posées à la femme-imaginée.

Montréal

— Nous ne pouvons pas faire autrement que la recueillir. C'est ta fille... Moi, j'ai toujours rêvé d'avoir une fille, tu le sais. Évidemment j'aurais préféré...

Il est patron d'industrie. Sévère mais juste, se plaît-on à dire. Grand, encore bel homme ; mince quand il a épousé, sur un coup de foudre, cette jeune divorcée rencontrée lors d'un voyage en France. Une jolie femme. D'excellent milieu. En aurait-il pu être autrement ? Il ne s'est jamais posé la question — en bon gestionnaire de sa vie — puisqu'elle était inutile : pour s'aimer, fonder un foyer, il faut être de la même classe. Cette petite belle-fille, qui lui tombe de la mort, bien qu'inconnue ne l'inquiète pas. Elle est comme eux et prendra place dans la famille.

Ainsi qu'il l'a dit — modérément : le deuil... — à sa femme, il n'a jamais compris pourquoi le père d'Alice ne leur envoyait pas celle-ci, comme cela doit se faire — à notre époque un divorce... — quand on s'est marié

121

trop jeune — un mois ou deux par an chez eux, qu'elle revoie sa mère et connaisse ses frères. Normal ! Bizarre type. Ridicule. Enfin maintenant, tout est rentré dans l'ordre.

— Tu dois partir le plus rapidement possible. Je vais dire à la secrétaire qu'elle te retienne une place sur le premier vol. Demain si possible... Pauvre enfant ! Je ne comprends pas qu'on ne t'ait pas prévenue. Trois semaines déjà que son père est mort ! Ta mère est inconsciente. Je la connais peu mais les quelques fois où je l'ai vue elle m'avait paru une femme sensée ! Et pourtant... si tu n'étais pas abonnée au *Figaro* nous n'aurions jamais su... Dans la chronique nécrologique ! Insensé.

La mère

Ce film-flash, en arrière-plan, qui se déroule, revient à son début, se redéroule sans arrêt dans l'esprit de Sylvie... Il n'y a pas longtemps qu'il a été tourné : quarante-huit heures.

Mais aujourd'hui Sylvie est ici, dans « sa chambre ». (Maman peut entrer d'un moment à l'autre... ou Denise.)

Marée descendante, marée remontante, le Présent repousse le fantôme du Passé, alors le Futur ignoré redevient l'Aujourd'hui...

Mais la réalité, c'est aussi cette fille devant elle, comme un reflet oublié dans une glace. Si mince qu'elle ne trouve son authenticité que dans une sculpture de Giacometti.

Tellement « elle » au même âge que Sylvie ne sait plus qui est Sylvie : cette dame canadienne, au bonheur paisible, mariée, mère de famille, belles relations... ou cette fille de seize ans que brûle la flamme ardente de la passion ?

Et elle n'a qu'un moyen de casser le miroir : la réintégrer dans l'ordre normal de la (sa) vie : mari, enfants, famille.

— Je suis venue te chercher. Tu dois vivre avec nous, maintenant que... ton père n'est plus. Mon mari est d'accord. Tu connaîtras tes petits frères. Le plus jeune...

Sa défense contre le passé : Elle a mis ses bras en berceau.

— ... a six mois.

— Me « chercher » ! Mamie ne me laissera pas partir. Pourquoi maintenant alors que tu m'as abandonnée quand j'avais huit ans ?

— Parce que ton père n'est plus là et que je suis TA MÈRE.

Le mot que tout en Alice refuse, repousse...

— Pour me mettre à l'hôpital ! Comme tu voulais me mettre en pension !

— Je voulais te mettre en pension ? A l'hôpital maintenant... Mais tu es folle... où as-tu pris tout cela ?

(Oh oui ! je suis folle, il n'est pas possible que ce soit ELLE qui soit là, qui vienne me voler. C'est un cauchemar. Le cauchemar d'une folle !)

Où Alice a-t-elle trouvé la force de bondir hors de son lit ?

Elle se tient devant cette femme. Rigide. Sur son tee-shirt des cœurs voltigent autour d'une souris rieuse « je suis amoureuse ».

Et les larmes coulent, comme sur son visage, des gouttes de pluie.

— Une mère, ça aime son enfant ! Toi, tu m'as toujours détestée. Dès ma naissance. Avant.

En mots de feu, les phrases maudites de la lettre secrète.

La souris amoureuse cherche son cœur au milieu de tous ceux qui tournent, moqueurs, autour d'elle.

Dans le visage d'Alice sont enchâssés, immenses, les yeux que la maigreur, l'ironie, la colère, rendent plus grands, plus verts.

Faucons décapuchonnés de leur hypocrisie, découvrant la vérité cachée sous la vérité, elles s'affrontent :

Et cette note — imprévisible — brisée, dans la voix de Sylvie :

— Quel âge as-tu ?

— Quinze ans voyons... presque seize. Tu ne t'en souviens même pas ?

L'ironie à laquelle ne prête pas attention la mère.

Seize ans ! L'âge des grandes amours. Celui que j'avais... un peu plus, quand je suis tombée amoureuse d'Alain...

Elles sont dressées l'une devant l'autre : Femme redevenue jeune fille. Jeune fille devenue femme. Se disputant le même homme. L'aimant d'un amour différent, sans doute, mais égal.

Différent ? Il ne s'agit plus d'un amant-mari, ou d'un père. Mais d'un mort. Toute qualification se perd devant cette ultime, cette unique vérité : la mort ! Et Alice le ressent dans tout son corps, son esprit ;

— Maintenant qu'il est... il n'appartient plus qu'à moi. Tu ne peux plus me prendre Alain !

La première fois qu'Alice dit « Alain » au lieu de « Pa ». Initiée, sans le réaliser, aux mystères de l'inconscient, elle veut le rejoindre. Elle et Lui.

L'espace d'une phrase, Sylvie est redevenue l'amoureuse d'autrefois et lutte contre cette autre elle-même : ce double qu'elle a enfanté dans la haine et la jalousie.

Adoration (Alice) contre Amour (Sylvie).

Mais Dieu n'est-il pas à la fois Adoration et Amour ? Thérèse d'Avila la charismatique aimant d'amour ce Dieu qu'elle adorait en toute pureté !

Et Alice :

— Tu mens ! Tu n'es pas « ma mère » qui vient chercher « sa fille ». Tu me hais. Tu m'as toujours haïe. Ce que tu veux c'est m'enlever définitivement à...

Cette fois Sylvie a été touchée. Des yeux elle fait le tour de « sa » chambre. Celle de ses seize ans.

Sylvie d'aujourd'hui contre Sylvie d'hier.

Et, entre elles : Alain.

C'est la femme — mari, enfants, société : toute une autre existence où Sylvie veut rentrer, où elle se réfugie vivement avec l'angoisse de la perdre — qui a déposé les armes la première.

Détachée, déjà autre part :

— Tu peux rester avec ta grand-mère plutôt que de vivre avec « nous » (moi et mon mari). Si tu préfères...

Si elle préfère !

Mais elle ne veut pas que Sylvie parte sans savoir qu'elle, Alice, *sait*.

Doucement, elle martèle cruellement les mots, ceux qui font le plus mal :

— Vivre avec toi et ton mari... ton mari que tu n'aimes pas.

— Comment oses-tu ?

— Sans cela tu ne lui aurais pas fait d'enfants... Rappelle-toi, tu ne voulais pas de moi ! Et c'est parce que j'existais malgré toi que tu L'as quitté. Tu l'exigeais pour toi toute seule. Pour toi l'amour est égoïsme.

— Au début, à Majorque, tous les deux... C'était un homme, Alain, un macho. J'aimais cette protection. Il construisait « notre » maison — pas encore la tienne

125

Je l'aidais. C'était comme un jeu de construction pour un enfant. Mais lui, c'était sérieux. Tout de suite il a voulu gagner beaucoup d'argent. Je ne le voyais presque plus, et quand je t'ai mise au monde, pour lui, je ne l'ai plus vu du tout. L'île de rêve de notre voyage de noces, l'île féerique était devenue une prison, dont tu étais — bébé minuscule — le geôlier.

— Tu as aimé un autre homme...

— Pour rendre Alain jaloux. Pour m'aider à m'échapper, à « vous » échapper, pour redevenir moi-même. D'ailleurs ce n'est pas mon amant de Majorque que j'ai épousé.

Elle s'est arrêtée. Qu'a-t-elle dit ? Quel secret, enfoui au plus profond d'elle-même, lui a arraché Alice ? Elle déteste cette femme-gamine qui l'a fait basculer vers le passé. Tout ce que, depuis tant d'années, elle s'était efforcée d'oublier...

Mais les fantômes, quand l'heure leur est bonne sortent de la tombe. Et Sylvie crie, hurle avec eux :

— Oui, je te détestais autant que je l'aimais. Ne sais-tu pas que la haine est la face noire de la passion ?

La jalousie, sous la cendre des ans, rougeoie, s'enflamme, redevient feu, flammes hautes et brûlantes !

— Pauvre petite conne. Comme si, à quinze ans, on savait ce qu'est aimer.

— Et à quarante ans on ne le sait plus. Mais qu'importe ! Tu as TA famille. Je dois en faire partie.

Hagarde, Sylvie regarde cette inconnue qui, si elle la ramène chez elle, chez « eux », racontera la passion de sa mère pour Alain — elle en est sûre ! — au père de ses enfants.

La débâcle.

Éviter à tout prix cela.

Elle a pris — bouclier — son manteau de vison. Mais que dira-t-elle pour expliquer qu'elle a laissé Alice ?

Rejette le vison :

— Tu viendras avec moi. Mais en effet, tu as raison, puisque tu ne veux pas vivre avec nous, tu iras en pension...

En elle l'envie de gifler ce sourire ironique !

— Quitte à te débarrasser de moi ensuite, il faut que tu me ramènes, hein ! Que penserait-on de Madame X — je ne sais même pas ton nom — si tu abandonnais cette pauvre petite doublement orpheline !

Sans qu'on l'ait entendue, Mamie est entrée. En mettant Sylvie K.O., met fin au combat.

— Cela suffit Sylvie...

Elle regarde cette dame inconnue ; qu'a-t-elle à voir avec sa Sylvie à elle ? Sa fille, c'est Alice.

— Tu as profité que j'étais sortie — cette mesquinerie ! Attendu de trouver Alice seule pour... Huit ans après l'avoir abandonnée ! Tu ne me feras pas croire que la fibre maternelle s'est subitement éveillée en toi ! Tu obéis à ton mari qui t'a envoyée chercher sa belle-fille, car c'est cela qui s'est passé, n'est-ce pas ?... Tu n'as pas pris cette décision de toi-même. Au fait, comment as-tu su qu'elle était ici ?

— J'ai téléphoné à la mai... à la Casa. Carmencita m'a dit...

— Eh bien, tu diras à ton mari que ta fille a préféré rester avec sa grand-mère.

— Je...

— Oui, je comprends, c'est très gênant pour toi. Alice a raison. Que vas-tu inventer pour ta famille canadienne, tes amis, ton époux ? — A bon escient, elle a employé le terme légal — pour ne pas ramener, avec toi, ta fille ?

— Maman, comment peux-tu dire... ?

127

La rébellion... d'autant plus violente !

— De toute façon, tu ne peux t'y opposer, c'est mon droit de mère !

— Ton droit de mère, c'était de ne pas abandonner le « domicile conjugal » comme dit, justement, le droit. Tu ne reprendras pas Alice. J'ai vu mon avocat. Elle restera avec moi et tu n'as rien à y dire, ni à y opposer.

Statue de pierre vêtue de vison, Sylvie marche vers la porte.

— Mamie, s'il te plaît, je voudrais que tu me changes de chambre.

(Je veux mourir. Non. Je ne veux pas naître.)

Mamie a pris Alice par la main.

— Lève-toi. Tu peux si tu veux, et c'est une surprise. Viens !

Elle a transformé la chambre d'amis pour en faire celle d'Alice. Denise en a enlevé les meubles impersonnels. Mamie y a mis, en premier, la petite écritoire de bateau qui était dans le salon et sur laquelle, en arrivant, Alice avait fait courir ses doigts : « Oh ! que je l'aime. »

Elle a choisi ainsi dans la maison les meubles qui deviendront ceux de « la chambre d'Alice ». Et puis a mis partout des bouquets de fleurs.

— Regarde... C'est ta pièce à toi, uniquement à toi, pour toi. Elle te plaît ?

— Oh ! Mamie...

Pour l'écritoire Alice a eu le même geste caressant qu'elle avait eu pour elle dans le salon.

Ni Alice, ni Mamie n'ont reparlé de la venue de Sylvie. C'est, entre elles, comme si elle n'avait jamais existé.

Mais en chacune d'elle...

XXII

Il y a des moments où le serment d'Hippocrate revient en mémoire, interdisant les paroles vaines et les phrases mondaines.

Le médecin a été rappelé par mamie : cette fois-ci ce n'est plus la dame charmante amie de madame de... C'est une femme autoritaire, une voix qui exige. Et dans cette exigence, il y a une menace.

— Huit kilos, vous m'entendez. Elle a perdu huit kilos. Et vous trouvez encore cela normal ! Mais regardez-la, regardez ce qu'il en reste !

Si légère qu'elle est posée sur le lit comme une plume.

— Vous m'avez dit qu'elle mangeait.

— Deux becquées d'oiseau !

— Qu'elle buvait.

— Quelques gorgées...

— Vous lui donnez bien les médicaments que j'ai prescrits ?

Elle a failli dire — il l'a lu dans ses yeux — « Vous vous foutez de moi, docteur ? »

— Je ne comprends pas. Qu'elle n'ait pas grossi, d'accord ! Mais qu'elle ait maigri... et à ce point-là...

Sa réputation ! L'Ordre des Médecins... ils ne plaisantent pas. Et puis... cette enfant... Il sursaute, se penche vers Alice. Soudain il en est certain :

— Tu vomis tout ce que tu manges et bois, c'est cela n'est-ce pas ?

En lui, une fureur : petite garce. Une pitié : pauvre môme ! Un souci, presqu'un remords, qu'il n'y ait pas pensé !

Alice ouvre ses yeux. Ils sont immenses dans ce visage étiré. Et moqueurs ! Puis redeviennent tendres en voyant ceux de sa grand-mère. C'est à elle qu'elle répond :

— Je ne le fais pas exprès. La nourriture ne passe pas. Comme une boule dans ma gorge...

— Alors, dès que j'étais sortie, tu allais dans la salle de bains et...

Redevenue une enfant, Alice baisse la tête, n'ose pas répondre. Mamie s'est penchée vers elle : jamais Alice ne lui a vu ce visage de colère et de désespoir. De grosses larmes... mais plus rien ne peut apitoyer sa grand-mère. Sa souffrance est trop profonde.

Cette enfant se laissait mourir et elle ne l'a pas vu !

Et lui ? N'aurait-il pas pu s'en rendre compte ?... Elle regarde avec colère ce médecin incapable qui sort de la chambre, abandonnant, sans un mot de plus, Alice. Le suit. Il ne peut pas repartir comme cela.

— Docteur, je...

Un signe discret. Il referme derrière elle la porte et il lui dit à l'oreille :

— Il faut que je vous parle sans qu'elle puisse m'entendre.

— Dans le salon... au rez-de-chaussée.

Alice ne peut descendre seule.

— Son cas n'est plus de mon ressort. Il faut l'hospitaliser, c'est obligatoire.

— Jamais elle ne voudra.

En Mamie quelque chose se déchire. Un arrachement, le plus dur qui soit, pareil aux douleurs d'un enfantement. L'enfant sort d'elle happée par des inconnus. Elle ne peut plus rien pour celle qu'on enlève de ses bras protecteurs.

Elle répète :

— Elle ne voudra jamais aller à l'hôpital.

Alors, toute mondanité au diable :

— Vous préférez la laisser mourir, en la gardant ?

— Une sorte d'excuse — C'est ce que j'aurais dû prescrire la première fois, mais... n'est-ce pas...

Un geste vague, rejetant derrière lui les petites filles à crises de nerfs.

— Mais que ferez-vous ? l'emmener de force ?

La voix rugueuse d'une femme qui retient ses sanglots et sa rage.

— Voyons... un médecin n'est pas un bourreau, ni un inquisiteur ! De plus il faut, cela fait partie du traitement, que votre petite-fille soit consentante.

— Consentante ! Il y a de quoi rire.

Du doigt, discrètement, elle arrête une larme.

— Demain... j'espère qu'il pourra demain... je lui dirai...

Il parle pour lui seul. Se reprend :

— Un de mes confrères viendra vous voir. Il faut que vous le laissiez seul avec Alice. Je suis certain ! Certain...

Fléchit sur le mot ; de quoi peut-on être certain ?

— C'est un psychiatre, spécialisé dans ces cas. Vous verrez, il est très bien !

Ponce-Pilate, il l'a repassée à un autre et, soulagé, s'en lave les mains...

(Je me suis bien moquée d'eux. Même de Mamie. Pourquoi voulait-on me forcer à manger ? Ils n'ont que ce qu'ils méritent.)

Elle a envie de rire. Rire avec sa complice : la mort.

Pas très grand, trapu, il ne se penche pas, mondain, sur la main de Mamie.

Un visage sans sourire, mais qui est réconfortant.

— Il faut que vous me donniez quelques renseignements avant que je la voie. Depuis quand et combien de temps refuse-t-elle la nourriture ? Le confrère qui m'a téléphoné hier m'a dit qu'il s'agissait d'une urgence. Heureusement, aujourd'hui, je n'ai consultation à l'hôpital que l'après-midi.

Il ne dit pas qu'il a bousculé toute sa matinée pour venir.

— Il y a eu choc je crois : la mort brutale de son père. Mais c'est tout ce que je sais.

Il s'est assis, la tête un peu penchée, les mains sur ses genoux.

— Alors, expliquez-moi, n'omettez aucun détail, je vous prie. Quelque chose pourrait vous échapper qui soit important.

En face de lui, Mamie. Encore muette.

Qu'il est difficile d'expliquer tout cela à un inconnu, de lui parler de ce qui ne le regarde pas. Cela lui rappelle son enfance, quand elle devait se confesser... La chose qui lui fut la plus pénible de la religion. Mais elle ne voyait pas le prêtre. Elle entendait seulement sa voix, sinon elle n'aurait pu parler.

Elle va vers la fenêtre, soulève le rideau comme pour regarder le jardin.

— Eh bien ?

Elle a envie de dire *mea culpa, mea culpa.* J'ai péché puisque...

— Tout ce que j'ai fait n'a servi à rien !

Elle lui dit tout : le côté visible des choses, sans le regarder. Même que le vieux docteur majorquin lui avait conseillé de ne pas mettre Alice à l'hôpital.

C'est comme une excuse à laquelle ce nouveau médecin ne s'intéresse pas.

Il parle, sans tourner la tête vers elle. Des questions, encore des questions ; mais c'est plus facile ainsi de lui répondre...

— Évidemment, après le départ de sa mère elle a reporté tout son amour — il a appuyé (involontairement ?) sur « amour ». Donc, ce stress quand elle s'est retrouvée seule. C'est presque toujours un choc qui est la cause de l'anorexie. Pas seulement le choc, mais tout ce qu'il révèle. Le plus souvent des remords.

Mamie hausse les épaules au jardin.

— Je ne vois pas quels remords... Vous trouvez que la mort brutale d'Alain n'est pas suffisante ?

— Si, oh si, mais...

Vague geste dédié, lui, au salon.

Un silence. A-t-il terminé son interrogatoire ?

— Et sa mère ? Vous l'avez prévenue ? C'est quand même sa mère. Quoique vous me disiez que jamais en huit ans elle n'ait donné de ses nouvelles à sa fille... Elle ne lui a même pas écrit, envoyé une carte postale ? C'est rare.

Un silence.

Il étudie pour lui seul ce cas... Pas tellement original : il en a vu d'autres ! et pires. Mais quand même...

— Et vous ne pensez pas... peut-être cette mort pourrait justement les rapprocher ?

Mamie a cessé de regarder le jardin. C'est vers lui qu'elle se tourne. Avec une violence à laquelle le médecin ne s'attendait pas.

— Sylvie est venue ici. Sans prévenir.

Inutile d'en dire plus. A la brillance coléreuse des yeux, à la respiration saccadée, il a deviné.

— Si je comprends, cela n'a rien arrangé.

— Ma petite-fille avait un peu repris... Oh ! pas beaucoup : trois cents grammes ! Après avoir vu sa mère, elle a reperdu deux kilos. Je l'ai...

133

S'arrête net : elle a failli dire « chassée de chez moi » — des mots mélo —, « ce n'est plus ma fille ! »

— Quel âge a cette enfant ?

Une demande simple qui permet à Mamie de se ressaisir.

— Quinze ans.

— Oui, elles ont presque toutes quinze ou seize ans : c'est l'âge idéal, pourrait-on dire, pour l'anorexie.

Il dédramatise en ne faisant pas d'Alice un cas unique.

— Ça ne m'étonne pas qu'il y ait rechute si elle a revu sa mère dans ces conditions. Un stress sur un autre... Elle a d'autant moins voulu manger que la nourriture constitue la relation mère-enfant — l'allaitement. Elle rejette sa mère en rejetant la nourriture. Depuis longtemps c'était en elle, mais sans importance, puisqu'elle avait son père. Il avait pris la place des deux : Père-mère.

C'est un diagnostic, pas plus, sans pédanterie. Des mots qu'il emploie dix fois par jour.

— Bon. Maintenant, je vais aller la voir. Ne venez pas avec moi. Il faut que nous soyons...

— Je sais. Mon médecin m'a avertie.

— Vous avez prévenu votre petite-fille — Alice, n'est-ce pas ? — de ma venue ?

— Oui... mais sans lui dire que vous étiez psychiatre.

— Vous avez bien fait. Cela n'aurait fait que l'angoisser. Vous n'avez pas parlé d'hospitalisation ?

— Oh ! non...

— Parfait.

Il est entré dans la chambre d'Alice sans frapper. L'habitude des hôpitaux.

Elle le regarde venir.

(J'en étais sûre. Mamie ne me l'a pas dit, mais ça se lisait sur son visage ; un psy ! Il peut me poser toutes les questions qu'il voudra, je ne lui dirai rien. Ça ne le regarde pas, MOI.)

Il prend une chaise, s'assied près d'elle. Quelques secondes... Alice attend — sourire méfiant — sa première question. Parce qu'il n'en pose pas, il la déstabilise. Comme la suite d'une conversation, il dit :

— Tu n'es pas la seule. Il y a beaucoup de filles comme toi dans mon service. Refuser la nourriture, c'est une maladie comme une autre. Tu sais comment on l'appelle ?

(Il me prend pour une idiote !)

Elle serre les lèvres sur le mot comme pour le retenir. Retenir ce qu'il représente :

— Anorexie.

Elle s'attendait à tout sauf à ce qu'il lui dit :

— Si tu es d'accord, nous allons passer un contrat tous les deux.

Sur le visage d'Alice, un vague amusement. Contrairement à ce qu'elle s'était promis, elle parle.

— Un contrat... comme dans les romans noirs ?

Il lit plus les revues médicales et les livres de Lacan que les romans noirs.

Un point pour elle.

— Vous ne savez pas ce que c'est « passer un contrat » ? C'est charger un Torpédo de tuer quelqu'un. Vous voulez que j'aille tuer qui ?

Il la pressent ravie. Contrairement à ce qu'elle croit, ce n'est pas elle qui a marqué un point, mais lui. Le premier pas est franchi puisqu'Alice a parlé.

Il rit :

— Eh bien, tu vois, je peux te parler médecine mais j'ignorais ce qu'était cette forme de contrat !

Remarque : celui que je veux te proposer, par un côté lui ressemble.

Il sent qu'il a éveillé, en elle, la curiosité. Qu'elle ne lui est plus hostile.

— Seulement le contrat que je te propose est qu'au lieu de donner la mort, tu l'empêches.

— L'autre face...

— Oui. Remarque que... comment l'appelles-tu : le...

— Torpédo.

— Il est libre d'accepter ou de refuser le contrat.

— Bien sûr. Mais s'il l'accepte, il doit le remplir.

Un peu de vie revient en rose sur ses joues. Elle s'amuse avec ce psy qui n'est pas comme Mamie, Denise, l'autre médecin. Lui est drôle et ne pose pas de questions.

— Dans le mien aussi. Si tu l'acceptes, tu devras tenir ton engagement.

— D'accord.

— Bon. Tu es sûrement intelligente. Tu sais très bien que tu es en train de te laisser mourir.

Cette manière de présenter les choses. Si nouvelle pour Alice. Ce n'est pas Mamie disant doucement : « Mange un peu, ma chérie. » Mais qui jamais n'a prononcé le mot de mort. Le mot interdit depuis la mort d'Alain. Lui, du moins, parle sans hypocrisie.

Et c'est pourquoi elle lui a répondu « oui ».

— Alors voilà le contrat que nous allons passer : toi et moi, nous luttons contre ta mort...

Elle a souri. Franchement. Mais :

— Il arrive que le Torpédo rate son coup et celui qu'il doit tuer...

— Oui. Je comprends ce que tu veux dire ; compte tenu de ceci es-tu d'accord ou non ?

C'est l'Alice d'autrefois qui lui a répondu :

— D'ac !

Le jeu lui plaît puisqu'elle est certaine d'être gagnante. Et c'est elle qui demande — qui eut jamais pensé que la lecture des romans noirs pût — peut-être — sauver une vie ?

— Quand on passe un contrat, il y a des conditions ?

— Oui, il faut que tu acceptes d'aller à l'hôpital. Je viendrai te voir tous les jours et nous bavarderons un peu ensemble.

Un mouvement de recul au mot haï : « Hôpital ».

(Ça y est : il y arrive.)

— Vous allez me mettre chez les fous !

Il la regarde. Stupéfait. Réellement. Et elle ressent un soulagement à cet étonnement.

— Chez les fous ! Quelle étrange idée. Tu n'es pas folle ! Malade... tu iras en médecine.

— On me forcera à manger ?

— Pas du tout. Tu ne verras même pas l'ombre d'un aliment.

Surprise : elle s'attendait si peu à cela.

— Vrai ?

— Vrai !

Il ne lui dit pas qu'elle sera sous perfusion. Une fois franchies les portes d'un hôpital, on est en un pays étranger dont on accepte les nouvelles mœurs. Il le sait. Habitué !

— J'y rentrerai quand ?

— L'ambulance peut venir te chercher demain matin...

— Mamie est au courant ?

La phrase traître :

Il sent le danger. Si sa grand-mère sait, c'est qu'elle accepte de se séparer de sa petite-fille. Qu'elle la jette hors de chez elle...

Il reste dans le vague.

— Je vais lui en parler... mettre tout au point avec elle.

Cette conversation, cette décision, arrachée, sans qu'elle s'en rende compte, l'ont épuisée.

Il avait compté sur cela aussi, mais pas sur ces mots balbutiés :

— Mamie ne va peut-être pas vouloir.

Cet espoir. Elle a parlé dans un moment d'amusement. Il est passé : Alice ne reviendra pas sur sa décision. Jamais Pa... mais si quelqu'un s'y opposait !

— Je l'accompagnerai.

— Bien sûr, madame, vous serez dans l'ambulance avec elle.

Le plus dur, la faire consentir : Mamie n'est pas femme à plier devant une contrainte. Il faut — comme Alice — la convaincre.

Pas de phrases hypocrites ni d'explications confuses : la vérité et l'assener brutalement.

— Ensuite vous n'aurez plus le droit de la voir jusqu'à ce qu'elle soit guérie. Cela fait partie du traitement.

— Pourquoi ?

La voix est dure. Celle d'une femme qui a appris à tenir tête à la souffrance.

— L'isolement du malade est essentiel. Tout ce qui pourrait lui rappeler le choc, dont l'anorexie est la conséquence, la replongerait dans son climat d'anxiété.

Il sent — l'instinct du psychiatre — qu'elle a saisi.

Elle reprend souffle comme après une dure montée. D'une voix détachée, elle demande :

— L'ambulance viendra à quelle heure ?

XXIII

L'hôpital

Des murs blancs, des femmes et des hommes blancs et le chariot poussé par un Noir en blanc. Même son sourire est blanc, blanc.

Elle entre à l'hôpital, vivante Alice. Se rebelle instantanément.

— Mamie... où est Mamie ? Pourquoi n'est-elle pas là ?

Chut, chut, calmez-vous, ne criez pas, il y a des malades, des malades...

Elle obéit — le CONTRAT. Elle se tait comme dans un cauchemar où les hurlements ne sortent pas du rêve.

Des femmes en blanc entrent dans sa chambre. Ressortent. Des hommes en blanc entrent dans sa chambre. Ressortent.

— Une simple piqûre. Je ne vous ai pas fait mal ?

Cette ligne qui hachure la feuille se déroulant devant elle : son cœur.

Un vide intense. Elle n'est plus rien. Plus Alice. Mamie l'a quittée, Denise, même Pa... Un corpuscule dans une gigantesque machine, qu'on bouge, remue, soumet à ses lois.

On l'ausculte, la tâte, explore son corps, sans explications : « Pourquoi ? » « Le médecin vous le dira. »

Mais le médecin, suivi d'une bande d'infirmières et d'internes, se tait. D'autres corpuscules dans d'autres cellules attendent son jugement comme celui de Dieu ; seulement un mot à une infirmière.

Une infirmière qui revient, et toujours la même phrase :

— N'ayez pas peur, je ne vous ferai pas mal.

Comme si un corps vidé de son âme pouvait avoir peur ou mal !

Retenue par un sparadrap, l'aiguille reste fichée dans la veine. Alice regarde le bocal qui plane au-dessus d'elle comme un ballon. Un ballon d'enfant que Mamie a attaché à son poignet.

Peu à peu, les choses, autour d'elle, repoussant la fantasmagorie, ont repris leur consistance réelle. Les hommes et les femmes en blanc ne sont plus ces êtres de fiction, mais des infirmiers, des médecins.

D'ailleurs, après cette effervescence du matin, depuis que « sous perfusion » elle n'est plus qu'un malade parmi d'autres, on la délaisse. De temps à autre, la porte s'entrouvre.

— Tout va bien ?

Une infirmière entre, regarde le bocal, vérifie l'aiguille.

— Tout va bien.

S'en va.

Tout va bien. Alice récupère le corps d'Alice.

— Mamie !

Pourquoi Mamie n'est-elle pas là ?

Elle se concentre sur des pensées, des souvenirs qui lui reviennent, extraits d'un agglomérat de choses vues, apprises, dans les conversations, les journaux : les visites sont interdites le matin dans les hôpitaux. Mamie ne peut donc venir que l'après-midi.

Des bruits dans le couloir ; on parle bruyamment. Une odeur qu'elle reconnaît passe sous la porte comme une chose visqueuse qui lui donne la nausée : NOURRITURE.

Le psy lui avait promis...

Le bruit des chariots et des voix s'éloigne. L'odeur s'esquive. Le cœur d'Alice reprend son rythme normal. Le contrat est respecté : on ne lui a pas apporté de repas. Calmée, délivrée de son cauchemar quotidien, elle somnole, presque contente d'être à l'hôpital puisque...

— Tu dormais. Je t'ai réveillée... On ne t'a pas fait trop de misères ce matin ?

Des phrases banales. Soupçonneuse, Alice regarde le psy. Un psy c'est un psychologue, c'est aussi un psychiatre et encore un psychanalyste. Alors, qu'attend-il ?

— On ne t'a pas apporté à manger ?

— Non.

Il la sent sur la défensive.

— Tu vois que j'ai tenu ma partie du contrat.

— Demain non plus ?

— Demain non plus, ni après-demain. Tant que de toi-même tu ne demanderas pas à...

— Cela peut durer longtemps.

Ce n'est pas une question. Une certitude.

Blocage. Le premier jour... Sembler croire à une interrogation et y répondre.

— Ça, c'est ta partie du contrat. A toi de la remplir le plus rapidement possible.

Alice n'a plus envie de sourire, de jouer au Torpédo des noirs romans. La réalité est bien plus noire. Elle regarde le ballon goutte-à-goutte.

— Vous vous en fichez puisque vous me nourrissez par perfusion !

Maladie... guérison... les seuls mots que connaissent les médecins. Alors qu'elle...

— Pa...

Il a enregistré le mot. Content. Un début. Mais n'a rien dit : la laisser parler ! Parler sans l'y obliger, sans la questionner. La laisser « vomir » ce qui l'étouffe, l'étrangle et n'est pas dans sa gorge, mais dans sa tête.

Le visage d'Alice s'est fermé sur le secret qu'elle a failli laisser échapper.

Pour aujourd'hui c'est suffisant. Ne surtout pas la faire se rebeller. Il se lève.

— Tu es fatiguée. Une première journée à l'hôpital...

Il est à la porte, l'ouvre.

— A demain, Alice.

C'est quand la porte s'est refermée sur lui qu'elle a réalisé.

Mamie n'est pas venue... Quatre heures ! Ce n'est pas possible !

Elle appelle « Mamie » comme on appelle au secours. Une infirmière affolée, indignée, surgit :

— Qu'y a-t-il ? Vous êtes malade ? Vous ne pouvez pas sonner ?

— Mamie n'est pas là !

Elle s'est soulevée brusquement. Au-dessus d'elle le bocal vacille dangereusement.

L'infirmière se précipite, le retient. Appuie sur la sonnette.

— Mais qui est Mamie, votre grand-mère ?

— Oui. Pourquoi n'est-elle pas venue. Pourquoi ? Je veux la voir.

— Ne criez pas comme cela, voyons...

Une nouvelle dans le service qui ne connaît pas encore ses servitudes :

— Vous n'avez pas droit aux visites.

Un homme en blanc ouvre la porte, repart en courant.

Revient avec une autre infirmière. Aide la première à tenir Alice.

Piqûre. Encore quelques minutes de lutte, Alice retombe sur son oreiller, s'endort du sommeil lourd des calmants.

— Pourquoi n'ai-je pas le droit de voir Mamie ? Ça, vous ne me l'aviez pas dit !

— Dès que tu seras guérie.

Avouée par l'infirmière : la gaffe qu'il faut rattraper.

— Si je veux la voir je dois guérir. Ce n'est pas un contrat ; c'est du chantage !

Il n'est pas mauvais qu'elle se rebelle. Elle tient à sa grand-mère. Cela prouve qu'elle tient à la vie !

Cela prouve que les psy, si intelligents soient-ils, peuvent se laisser flouer par un enfant.

Trois jours... une semaine... un mois... Alice ne sait plus, elle a oublié la longueur du temps. Peu à peu on a diminué les euphorisants et les calmants. Immobile dans son lit. Ses yeux grands ouverts. Elle regarde. Quoi ? Ni l'infirmière qui vient d'entrer ni l'interne qui fait nonchalamment le tour des chambres.

Elle attend.

(Je les déteste. Je ne savais pas qu'on pouvait autant haïr. Ils sont là, à m'examiner, à remettre du liquide pour la perfusion... me nourrir de force.)

— Bonjour, Alice ! Comment vas-tu ce matin ?

— Bien, merci.

(Celle-là, je la déteste encore plus que les autres. Gentille... affectueuse. Elle parle de sa voix douce qui m'horripile. Qu'est-ce que ça peut lui faire MOI ? S'ils sont contents qu'ils pensent que je vais mieux... grâce à eux ! Idiots... Mamie ! Je suis sûre qu'elle téléphone tous les jours. Ils ne me le disent pas. Je ne leur

demande pas. Je ne leur demande rien. Il m'a bien eu !
C'est lui qui empêche Mamie... le psy !)

Il ne l'interroge pas. Il veut la laisser parler d'elle-
même. Elle avait commencé. Si la stupidité de cette
infirmière...

Alice et lui : ils se taisent l'un à côté de l'autre. Elle,
dans son lit. Tranquille. — Ou fait-elle semblant ? —
Lui, assis sur un fauteuil de plastique défoncé et arraché : on n'est pas riche dans les hôpitaux !

— Vous voyez, je suis devenue bien sage.

— Très sage.

Il l'observe. Sous ce calme apparent que se cache-
t-il ? Elle est trop placide. Trop paisible. Il n'y croit pas.
Elle lui joue — il en a tellement l'habitude — la
comédie.

— On ne me donne plus de calmants.

— C'est moi qui te les ai fait supprimer. Tu peux
t'en passer. Tu as beaucoup de volonté !

Mais dans quel sens joue cette volonté ?

Hypocrisie. Le mot s'impose à lui. Ce visage presque
souriant est un masque qu'elle y a posé.

Elle se cale sur ses oreillers. Sur le drap la main où
le sparadrap tient l'aiguille salvatrice.

— Alors Mamie va venir...

Il s'y attendait. Ne s'était pas trompé. Tout en elle
est factice. À son habitude il répond à sa question par
une autre :

— Si on t'apporte à dîner, tu mangeras ?

Elle le regarde. Les yeux, couleur de mer, ont foncé
comme celle-ci quand elle est en colère.

— Et il ne s'agit pas que tu manges pour vomir
ensuite. Ici, on le verra tout de suite.

Il secoue doucement la tête :

— Je t'ai dit que tu verrais ta grand-mère quand tu
serais guérie.

— Ce n'est pas vrai. Vous avez dit quand j'irai mieux.

Il entend son souffle court, haché. Il sait qu'elle le hait en ce moment.

— Je vais mieux !

— Non. Tu fais semblant.

Il est reparti. Alice est à nouveau seule. L'exécration qu'elle a de tous ici nourrit sa volonté. Nourrit son corps la perfusion. C'est vrai qu'elle se sent moins faible, plus forte.

— Je t'ai apporté ton médicament.

Un somnifère pour qu'elle dorme, pour que l'infirmière n'ait pas à la surveiller toute la nuit. Elle lui tend un verre d'eau, un sourire, une pilule. Obéissante, Alice prend le comprimé, avale l'eau. L'infirmière repart, tranquille. Alice crache le comprimé dissimulé entre ses dents et sa joue.

Quand l'infirmière de nuit ouvrira la porte, elle la verra qui dort, la joue posée sur sa main, si jeune...

(Ils veulent me garder. M'obliger à manger.

Ne plus revoir Mamie ! Elle le sait Mamie et elle a accepté. Elle ne veut plus de moi. Elle m'a mise à l'hôpital pour se débarrasser de moi. Elle ne vaut pas mieux que les autres. Non. Je suis méchante. Ce n'est pas vrai ! Sans ça elle aurait laissé ma mère m'emmener. Je ne sais plus. Je ne sais plus. Je ne veux pas rester ici. Je ne veux pas qu'on me force à vivre. Je ne veux pas... Je ne veux pas.)

Il est trois heures du matin. L'hôpital dort. L'infirmière de nuit somnole.

(Eh bien, ils vont voir. Je fais ce que Je Veux. Pas ce qu'ils veulent me forcer à faire !)

D'un coup sec, elle enlève le sparadrap, l'aiguille. Le liquide qui lui donne la vie, tombe goutte à goutte par terre. Tap... tap... tap... Elle regarde, insatisfaite, la légère blessure qu'elle s'est faite en arrachant l'aiguille. Ce n'est pas suffisant. Juste un peu de sang. Rien.

(Ils m'attraperont et remettront tout. Et ils me garderont... me garderont. Non. Je veux...)

Tap... tap... tap... tap... tap...

C'est un bruit de verre brisé, de chute, qui a fait sursauter l'infirmière. D'où viennent ces bruits ? Elle écoute. Tout est silence.

S'était-elle endormie ? A-t-elle rêvé ? Regarde l'heure : quatre heures du matin, la mauvaise heure pour les malades. De toute manière c'est celle de sa ronde.

Elle se dirige vers la première chambre. S'arrête. Un pressentiment. Elle se précipite vers la chambre 28, celle de cette fille inquiétante que le médecin lui a dit de surveiller étroitement : Alice.

Quatre heures et demie. Le téléphone. Il ne réveille pas Mamie. Elle ne dormait pas. Qu'ils le veuillent ou non elle ira voir Alice aujourd'hui. Elle sait, elle sent qu'elle a besoin d'elle.

— Oui... l'hôpital ? Qu'y a-t-il ?... Que s'est-il passé ?... Elle a arraché l'aiguille et puis ?

Grave ?... mais si c'est grave... très ! J'arrive tout de suite... Mais je m'en fous que vous m'ayez réveillée.

Elle a passé un manteau sur son pyjama.

Conduire dans la nuit. Presque pas de voitures. Un camion qui grince de tous ses freins. Une engueulade qui se perd... Arriver à temps à l'hôpital ! Dans cette solitude glaciale de la route, il lui semble parcourir un chemin qui l'emmène vers l'enfer.

Un chemin sans fin.

146

Trois quarts d'heure et elle stoppe devant la porte marquée « URGENCE ». Un médecin, deux infirmières l'attendent. Elle les bouscule pour passer « ma fille... où est ma fille ? » Le médecin la saisit par le poignet, une infirmière la retient. L'homme en blanc dit :

— Je vous donne ma parole, madame, que la vie de votre petite-fille n'est pas en danger.

Elle le regarde, à bout de souffle.

— Je veux la voir.

— Vous allez la voir, mais auparavant...

Il la conduit vers un bureau tout en parlant.

— Il faut que vous sachiez...

L'infirmière avait ouvert la porte.

Par terre, Alice. Le bocal tombé à côté d'elle, cassé. Elle a ramassé un morceau de verre et s'est tailladé posément le poignet. Là où est la veine. Le sang coule, formant un mince ruisseau le long du bras. Une joie mauvaise dans les yeux.

La femme qui vient d'entrer s'affole et hurle pour qu'on vienne à son aide. Saisit la main qui se crispe sur le morceau de verre, saisit cette main qui résiste. Aussi forte qu'elle, dans sa violence ! N'arrive pas à desserrer les doigts.

— Hein ! Ça, vous n'y aviez pas pensé ?

Deux infirmières entrent. Elles aident la première à arracher le morceau effilé du bocal. L'une d'elles appuie une compresse sur la blessure, dit : « De la comédie ! Elle s'est un peu tailladé le poignet, c'est tout. »

Une comédie, dira plus tard le psy, mais qui dissimule, inconsciemment, le psychodrame de la mort...

Un homme rentre avec des pansements. Sur le sol, le liquide répandu du bocal se teinte de rose. Le verre crisse sous les chaussures.

147

Alice est recouchée, immobile, le bras bandé. Le sol nettoyé : Une malade bien propre, bien calme, dans un hôpital bien propre, bien calme.

— Elle dort, dit le médecin en retenant Mamie. Nous lui avons fait une piqûre : un sédatif léger, mais elle ne se réveillera pas avant deux ou trois heures. Asseyez-vous, ne faites pas de bruit. Si vous voulez attendre son réveil...

Si elle veut !

Il est jeune, le médecin, ennuyé. On le sent : jamais une pareille chose ne lui était encore arrivée.

— Elle était si paisible. Nous avions supprimé la plupart des calmants. Ils ne semblaient plus nécessaires. Cela n'arrive pas chez les anorexiques ! Elles sont généralement amorphes.

Il s'excuse comme s'il était responsable. Personne ne l'est.

— Moi, si.

Mamie repense au vieux médecin majorquin.

« Mamie ! » C'est le premier visage qu'Alice a vu en s'éveillant. Des deux bras — pousse un petit cri, repose sur le drap le bras bandé — de l'autre, repousse la figure bouleversée.

— Tu voulais te débarrasser de moi... C'est ça que tu voulais !

Et elle pleure, ne croyant pas ce qu'elle dit, ne sachant plus. Elle retrouve son sourire mauvais.

— Tu m'avais juré, Mamie. Tu me l'avais juré que jamais tu ne me mettrais à l'hôpital. Toi aussi, tu as menti. Tu m'as abandonnée comme ma mère, comme...

— Tu avais accepté, chérie.

— Si tu étais venue, jamais... jamais...

La main maternelle sur le front de l'enfant chérie.

— Pardon, Mamie, mais je le ferai, tu sais.

En Alice, la vérité qui l'étonne mais à laquelle elle ne peut plus échapper : depuis que Pa n'est plus là, elle veut mourir.

Un autre médecin : plus âgé, lui. Sévérité faite homme !

— On n'a pas idée...

Il s'adresse à Mamie comme si Alice n'était qu'un objet sans importance.

— Nous allons lui redonner...

Alice quitte les bras de Mamie, rit — oh ! ce rire. Mamie donnerait dix ans de sa vie pour ne l'avoir jamais entendu. Donnerait sa vie pour celle de cette enfant.

— On peut m'attacher à mon lit aussi...

La haine remonte, se jette sur elle comme la mer sur un rocher.

— N'importe comment... quoi que vous fassiez, vous entendez, vous comprenez ?

Mamie a compris l'inadmissible qu'il faut admettre.

Le Grand Patron est dans son grand bureau. Il tapote sur le sous-main de cuir.

— ... n'arrive pas ! Il faut envisager un autre traitement.

— Non, je la connais, docteur... Oui, je sais : je dois signer une décharge.

Si Alice doit mourir, qu'elle meure en paix.

Elle a ouvert les yeux : Mamie lui tient la main et elle est sur le brancard qui l'a emmenée et la remmène.

— Mamie, je veux rentrer chez moi.

XXIV

La Muerte

Cette femme froide, dure, qui ne demande pas mais ordonne, c'est Mamie. En même pas douze heures — ambulance, avion, ambulance — elle a fait transporter son enfant, car c'est SON enfant, là où Alice a choisi de mourir. Elle a fait ce qui devait être fait, en sachant que c'était inutile.

Une infirmière dans la chambre de la *casa* avec le matériel nécessaire à une perfusion. Dissimulés. Le vieux médecin a tout organisé, mais, depuis l'appel téléphonique de Paris, sans espoir.

La mort se joue d'eux, de leurs précautions, de leur prévoyance. C'est elle qui attend, tranquille, Alice. Il le sait. Il l'a trop souvent rencontrée pour ne pas la reconnaître. Trop souvent lutté avec elle, été battu par elle.

La Muerte.

Mais il avait fait ce qu'il fallait, jusqu'au bout. Là elle l'a vaincu dans le déshonneur. Elle s'est ri de lui.

La mort se moque. Qu'est le temps pour elle ? Rusée, fourbe, fournissant de faux motifs, posant des pièges pour attraper sa proie.

Carmencita a juré qu'elle ne pleurerait pas, ne dirait rien. Embrasserait Alice... Comme après un voyage, rentrant chez elle. Son cœur bat si fort qu'il n'y résistera pas. Elle en est sûre lorsqu'elle voit la civière, les hommes qui la portent.

Il n'y a pas deux mois, *don* Alain... Mais elle embrasse Alice comme elle l'a promis. Elle lui sourit. Ce n'est pas Alice ; ce n'est pas une vivante dont ses lèvres effleurent la joue.

Elle jette vers Mamie un regard éperdu. Et ne voit que des yeux inflexibles qui ordonnent. Seulement ordonnent. Elle montre le chemin aux infirmiers.

— Je ne veux pas aller dans ma chambre.

La voix si faible est si forte...

— Je veux qu'on me mette dans la chambre de Pa.

Le ciel bleu se charge de mauve. Ce n'est pas encore le crépuscule. Son annonce. Carmencita et Mamie sont près d'Alice. Sans se le dire, toutes deux guettant le souffle, le souffle...

— Carmencita...

— Oui, ma chérie.

— Non pas toi, Mamie. Carmencita...

Les mots sont si légers qu'ils s'envolent comme des bulles, mais Carmencita les saisit au passage.

— La fenêtre... regarde... Est-ce que mon goéland est là ?

La Majorquine se penche... Les rochers, la mer, sont brouillés par les larmes qu'elle retient. Mais elle dit, et sa voix est claire :

— Il est là. Sur son rocher.

Elle reste devant la fenêtre d'où elle ne voit rien. Ses larmes, qu'elle ne peut plus retenir, silencieuses.

— Alors, il est cinq heures.

Alice tourne vers Mamie l'esquisse d'un sourire.

— Tu vois. C'est bien pour moi qu'il vient.

Dans la même collection

Henwood Esther, *La Confession immorale*
Huyghe René, *Psychologie de l'art*
Huysmans J.-K., *La Cathédrale*
Ivanov Serguei et Lamm Nikolai, *Le Complot*
Kelen Jaqueline, *Éloge des larmes*
Keyserling Hermann (comte de), *Journal de voyage d'un philosophe*
Kyria Pierre, *Le Valet noir*
Lacassin Francis, *Mythologie du fantastique*
    La Vraie Naissance de Maigret
Lawrence D.H., *La Vierge et le Gitan*
Le Breton Auguste, *Du Rebecca chez les Aristos*
    Mémoires. Ils ont dansé le rififi
Le Coz Martine, *Le Pharaon qui n'avait pas d'ombre*
Lennon John, *Éclats de ciel écrits par ouï-dire*
Marignac Thierry, *Cargaison*
Martin Hervé, *Le Fils de Minos*
Maugham Somerset William, *La Comédienne*
    Liza
    Mrs Graddock
Meyrink Gustav, *L'Ange à la fenêtre d'Occident*
    Le Dominicain blanc
    Histoires fantastiques
    Le Visage vert
Morgan Charles, *Sparkenbroke*
Norse Harold, *Mémoires d'un ange bâtard*
Olshan Joseph, *La Noyade*
Pons Maurice, *Embuscade à Palestro*
Roussin André, *Treize comédies en un acte*
Sadoul Jacques, *La Cité fabuleuse*
Shelley Mary, *Le Dernier Homme*
    Frankenstein
Soulat Robert, *Oncle Zach*
    Mais où est donc passé le Gulf Stream ?
Spens Willy de, *La Route de Varenne*
Teilhard de Chardin Pierre, *Lettres inédites*
Wassilieff Alex, *La Guerre des soldats inconnus*

Achevé   Imprimerie
d'imprimer Gagné Ltée
au Canada Louiseville